Best Time

白马时光

UN FILL

灯塔 男孩

〔西班牙〕亚历山大·帕洛马斯 著
（Alejandro Palomas）

杨子莹 译

天津出版传媒集团
百花文艺出版社

图书在版编目（CIP）数据

灯塔男孩 /（西）亚历山大·帕洛马斯著；杨子莹译. — 天津：百花文艺出版社，2020.2
ISBN 978-7-5306-7820-6

Ⅰ. ①灯… Ⅱ. ①亚… ②杨… Ⅲ. ①长篇小说—西班牙—现代 Ⅳ. ① I551.45

中国版本图书馆 CIP 数据核字（2019）第 265375 号

天津市版权局著作权合同登记章
图字 02-2019-363

灯塔男孩
DENGTA NANHAI
〔西班牙〕亚历山大·帕洛马斯　著　杨子莹　译

特约策划： 刘洁丽　　**封面设计：** 林　丽
责任编辑： 胡晓童　　**特约编辑：** 刘洁丽　王良玉
出版发行： 百花文艺出版社
地址： 天津市和平区西康路 35 号　**邮编：** 300051
电话传真： +86-22-23332651（发行部）
+86-22-23332656（总编室）
+86-22-23332478（邮购部）
主页： http://www.baihuawenyi.com
印刷： 三河市兴博印务有限公司
开本： 880 毫米 ×1230 毫米　1/32
字数： 126 千字
印张： 8
版次： 2020 年 2 月第 1 版
印次： 2020 年 2 月第 1 次印刷
定价： 45.00 元

如有印装质量问题，请与三河市兴博印务有限公司联系调换
地址：河北省廊坊市三河市杨庄镇大窝头村西
电话：0316-5166530　　邮编：065299

献给从未被我们遗忘的安杰丽卡。

献给鲁尔福，是你教会了我在日常生活中，用心灵丈量道德。

每个人都有自己要走的路和要抵达的远方。

I

一切的开始

小吉尔莫

这一切都始于索尼娅老师提问的那天。窗外艳阳高照，棕榈树的叶子随风飘动，像是爸爸早早起来送我去学校，在校门口和我挥手告别，因为是在冬天，他还戴着绿色的手套。

索尼娅老师从桌旁站起身，那桌子是老师的，因为它是最大的一张。她拍了拍双手，粉笔灰立即在空中飞舞起来。她咳嗽了一声。那西亚说就是这粉笔灰，让你有种吃掉一整个奶油糖酥饼后口干舌燥的感觉，若不及时喝口水，就能咳得直接吐出来了。

“孩子们，在休息前，我想让你们先回答我一个问题……”她说着转向了黑板，拿起一根红色粉笔，用大号字体写下：

我长大后想成为什么人？

我们所有人都立刻举起了手，也包括哈维·阿奎拉。他只有一只手，出生的时候就没有另一只手。他快速地挥动着仅有的那只手。老师摇了摇头，摇了有五次以上，示意学生们不要这样。

“一个个来，孩子们。”

于是我们就从第一排开始，依次轮到我所在的最后一排。

老师总结出：

三个巴萨俱乐部的球员

两个皇马的

一个曼联的

还有一个“伊涅斯塔”

六个纳达尔

两个超模

一个公主（那西亚）

一个富有的医生

三个“碧昂斯”

一个蝙蝠侠

一个电子游戏中那样的宇航员

两个全世界的总统（罗松家的双胞胎）

一个出现在晚间电视节目的名流

一个专给大狗看病的兽医

一个《儿童之声》的冠军

一个奥运会上的世界冠军

……

当轮到我时，马蒂奥·那尔巴斯打了个饱嗝儿，引得全班哄堂大笑。但笑声立刻停止了，因为老师对打嗝儿和放屁之类的事儿很反感，她歪着头示意，说了两次：“嘘——马蒂奥。”

接着看向我：“吉尔莫，你说吧？”

那西亚用手指头戳了我一下，大笑着用手捂住脸。她的脸总是被遮住，因为据她说，在巴基斯坦，女孩张着嘴放声大笑是不好的，她们的父母会因此动怒。

“我吗……我想成为仙女玛丽[①]。”

老师把手放在脖子那里，在我看来，像被人掐住喉咙般痛苦不堪，虽然我没机会求证，因为下课铃顷刻间响起，我们开始从包里取出三明治，准备到操场上去。

“吉尔莫，你留一会儿，帮我个忙，”她说，“其他人可以走了。”

所有人都走了之后，老师来到我的课桌前，在阿图罗·萨拉查的桌旁坐下。萨拉查从圣诞节前就没来上学了，因为有一天我们去参观博物馆，那里保存着许多植物。他从一处楼梯上摔了下来，摔断了一条腿、十颗牙和两根手指。

“来吧，吉尔莫，给我讲讲你长大后想成为仙女玛丽的事吧。”她说。

我没应声，因为那西亚（很多个晚上她和妈妈一块儿坐在商店的收银台后，她懂很多大人的事情）说过，当客人说的一句话以声调上扬的方式结束时，其实并没有真正讲完。听的人应该等待，对方可能正在思考。

“你不想成为……别的什么人吗？”老师问，一边摸着自

① 仙女玛丽：影片《欢乐满人间》中的女主角，本是仙女，化身成保姆来到人间帮助一家人获得生活的乐趣。

己嘴边的雀斑。

“不想，老师。”

老师鼻子里发出“哼”的一声，然后笑了。这让我想起，妈妈曾经告诉过我，有时当成人停止讲话时，不代表他讲完了，而是为了避免自己喘不上气来，或者出于别的原因。我现在记不太清了，因此我继续保持安静，没说话。

“告诉我，吉尔莫，”她边说边像我们没换楼层前那个门房康索罗女士的猫那样用鼻子吸气，“你为什么想成为仙女玛丽呢？”

“因为她会飞啊，老师。”

老师“嗯”了一声，挠了挠前额。

“但是小鸟也会飞啊，是吧？”

“是啊。”

“那你真的不想成为一只小鸟吗？”

“不。”

“为什么不呢？”

“因为……要是我是一只鸟儿，就没法成为仙女玛丽了。”

老师又用鼻子深吸了一口气，我们沉默了好一会儿。然后她撇了撇嘴，清了清嗓子，就像爸爸有时会做的那样。

“告诉我，”她说，“为什么你更想成为仙女玛丽呢？”

“因为……她有一把会说话的伞，还有一只会变出很多免费家具的手提箱……还有魔力，能让抽屉自己排列好……还因为当她不工作时，就住在天上，还能在大海里与鱼儿和章鱼一同嬉戏。”

“在天上？”

“对。”

老师慢慢闭上眼睛，然后伸手摆弄我的头，像是要弄乱我的发型似的。“小吉尔莫，”她说，“你知道仙女玛丽是有魔力的，是这样吧？”

“当然了。”

“我想说的是，她和我们不一样。”

“嗯。”

“我想告诉你的是，仙女玛丽是故事里的人物，就像超人、哈利·波特，或者玛蒂尔达，或者海绵宝宝一样。他们的存在其实不是真的存在，你懂我的意思吗？”

“不懂。”

“就是这些人物和我们不一样，他们只存在于想象之中，”她说，“或者这么说吧，我们没法触碰他们，因为他们是……

虚构的。”

“仙女玛丽是真实存在的。”

“啊，是吗？”

“是的。”

她看着我，露出笑意。

“那她在哪儿呢？”

“我现在还不知道，但她住在伦敦，那里讲英语。我认识她。8 月圣母节假期时，爸爸妈妈带我去看她了。她和她的小动物一起住在剧院，她在那里演唱。表演结束，所有人都离开了，她让我们去她的房间，还给我讲故事。”

老师摸了摸她的雀斑。

“啊哈，”她说，“都讲了些什么啊？”

“这是秘密，老师。”

这时，铃响了，提示我们休息时间已经过半了。老师转过身去看了眼挂在黑板上的大钟。

“就到这儿吧。”她说。然后便不讲话了，像是在很认真地思考着，接着又转过身说：“好啦，你快到院子里去吧。不然就没时间吃你的三明治了。”于是我把书放到抽屉里，从书包里拿出三明治。老师走到自己的桌子前坐下，开始在记事本上写东西，我到走廊去了，那西亚在卫生间前等我。

我到时，她向我伸出一只手，问："你为什么晚了这么久啊？"

"没什么。"

"老师惩罚你了吗？"

"没有。"

"哦。"

她甩了甩那头红发，喝了点果汁，又说："我们快走吧，我给你看一样东西。"

索尼娅

这一切都从我决定打那通电话的那个下午开始。那通电话已经晚了好几周。

“安图内斯先生，我想和您谈谈小吉尔莫的事。”我对电话那端的人说。他沉默了一下，随即表示想了解更多，但我只是用轻柔又不失坚定的语调说：“要是您不介意的话，我想请您到学校来当面谈一下。”

我们约定几天后见。当马努埃尔·安图内斯来到学校时，正好赶上最低年级的孩子吃午饭，楼下食堂传来的吵闹声响彻走廊。他在老师的办公室等待着。我和他握了握手，把他带到更小的一间办公室，那是专门留给我们会见家长用的。

马努埃尔·安图内斯是个年轻壮硕的男人，大概三十来岁的样子。他一头黑发，留着疏于打理的胡子。深色的眼睛，小麦色的皮肤，臂膀强健，一双大手上的指甲修得方方正正。

我们坐下来，直奔主题。

“您请讲吧。”他说。

我也决定和他一样开门见山。“是这样的，”我开始讲道，“我之所以打电话给您，是因为我有点担心您的儿子。”

他看起来并不感到意外。事实上，家长们都清楚，老师打电话给他们要求约谈，一般都是出现了什么不对劲的状况，因此他们一般都是有备而来的，有些甚至带着忐忑。小吉尔莫的家庭信息上说，马努埃尔·安图内斯是航空机械师，但最近处于待业状态。我望向他的眼睛时，似乎能看见悲伤。

在他开口回应之前，我继续说：“我想过，您或许可以帮助我解密小吉尔莫的某些事情。”

他挑了挑一边的眉毛。

“解密？”他问道，稍微有点吃惊，随即生硬地哈哈大笑起来，却无法掩饰住像许多其他父母于孩子在学期间来见我时的那种紧张感。

“天哪，”他说，一边摸了摸胡子，“这听起来简直像侦探破案，或是美国刑侦剧一样。”

我注意到他很不自在，尝试让他放松下来。

“我是想说，也许您能帮我更好地理解小吉尔莫的想法。”

他点点头，与此同时，目光低垂。我朝他笑了笑，这似乎让他镇定了一些，因为他也冲我笑了笑，虽然只是很腼腆的笑容。

我立刻在他脸上看到了小吉尔莫的笑容。然而，目光却很不一样。在马努埃尔·安图内斯的目光中，有着小吉尔莫眼里没有的悲伤，或者说忧郁更恰当。

“好吧，”他说，然后用另一只手抚摸着胡须，“您想了解什么呢？”

在开口前，我深吸了一口气。

“首先我希望您知悉，小吉尔莫是个非常棒的孩子，他没有任何问题。他课堂的表现非常好：从不溜号，积极参与，态度端正，充满热情，勇于在全班同学面前提出非常有价值的见解。”

安图内斯先生把头歪向一旁，叹了口气，没说什么。我等待着。最后，他好像反应过来了。

“是啊，小吉尔莫是个……特别的孩子。”

“正像您说的，”我说，“就是这个词：‘特别’。”

我注意到他皱起了眉头，表情紧张起来。他的表情又一次让我觉得有什么不对劲。我立刻意识到，他口中的“特别”和我口中的不是同一个意思。完全不是一个意思。

“别担心，”他面带愠色地说，“我知道您要对我说什么：他是个十分敏感的孩子，只和小女孩一块儿玩。从不像正常男孩一样踢足球、打篮球，却整天读些傻乎乎的仙女的故事。”

我紧张起来，我不喜欢他讲话的语气，也不喜欢他这么评价小吉尔莫。

“我不需要您来和我讲这些，”他的语调还是那样令人不快，说着举起一只手，掌心朝向我，摆摆手说，“在另一所学校那里我已经知道了。不仅如此，老师还说，其他的孩子不是笑话他，就是视他如空气。”他带着挑衅意味看着我，一片阴霾渐渐覆盖了他的双眼。“这是他妈妈的问题。这孩子从小就很黏妈妈，过分喜欢裙子。这就是他的‘特别’之处，就像您说的。”

我想打断他，但他兀自继续说道：“但那已经是过去式了。现在就我和他两个人，我们父子相处的时间多了起来，开始分享更多东西——您知道的，男人和男人之间的事。所以，如果您想说的是，小吉尔莫有点……奇怪，就请省省吧，因为没有人比我知道得更清楚了，而且我正在想办法解决。”

我不得不强压下我的愤怒。我绝没想到会面临此种状况。马努埃尔·安图内斯与我脑海中想象的吉尔莫的父亲形象相差甚远。短短几分钟的时间，我的惊讶已转变成震惊，震惊又变成愤怒。

“安图内斯先生，听您这么说吉尔莫，我真是非常痛心，”我试图控制住自己的情绪，“尤其是您说的这些和我打电话约您来一点关系都没有。”

他看着我，再次挑起眉毛，显出惊讶的样子。

“说真的，如果您认为我叫您来是想嘲笑或者贬低您儿子，那很抱歉，您想错了。”

马努埃尔·安图内斯把坐在椅子上的身体向前倾了倾，手抚摸着胡子，眼里再次显露出悲伤。就在那一瞬间，他脸上的表情使他整个人都黯淡了下来。见他这样，我马上明白想让他合作是不可能的，因此我改变了策略，开始做出自己讨厌的行为。

我撒谎了。

“安图内斯先生，这不过是次常规性谈话。吉尔莫刚来我们学校，我们一般对新来的学生关注都比较密切。”

“啊，是这样啊。”他说，慢慢点了点头。

“我知道我们才相处了两个月，也知道小孩子，尤其像他这个年纪的，面对转学这种事，反应都会非常不一样。如果我们把这归因于他妈妈的缺席，事情的结果会更加……复杂。”

他什么也没说。

“父母分居对吉尔莫这个年纪的孩子来说会尤其艰难。”我配以职业的微笑。

他再次紧张起来，突然举起一只手像是要阻止我继续讲下去。

“好吧，分居，就是所谓的分居……这其实也不是真正的原因，”他愤怒地说，带着防备，但突然又意识到自己的语气太强硬了，便试图改变一下，“我们之所以分开，是因为工作。我妻子阿曼达是空姐。然后……事情就成了现在这样，我待业一年了。8 月，她去了迪拜的一家私人飞机公司。我们真的没有多少选择。然后我也失业了，我们就搬到了现在的住处……您能想象到吧……”他没容我开口说话，继续说道：“但一切都是暂时的，眼下就只剩六个月了。”

我们对视了几秒，谁都没再说话。沉默越来越长，见他没有要说话的意思，我又开口了。

“我理解，”我说，“非常不幸，每次我对一件事了解得越多……”我试图用调和的语气，一瞬间，他的目光低垂下去。“别误解我，安图内斯先生。我只是想说吉尔莫的生活中，突然不得不接受两个巨大的变化，因此，他日常生活中有一些小地方引起了我的注意……就这些。所以我就想，怎么和您讲呢？那就继续密切追踪他，学校这边可以提供帮助。”

“追踪？”他深吸了一口气。

“是的，”我说，我看着他的眼睛，“我觉得让他和学校的向导聊聊会很有帮助。”

“向导？”

我点点头：“是的，向导。”

他若有所思，又垂下了目光，放在桌上的两只手紧握起来。我好像看见他手腕上有一个文身，延伸到手臂上，被袖子遮挡住了，文身看上去大约是文字。

我猜到了接下来会发生什么，已做好准备开始倾听了。

“我说，老师，您别误会我的意思，但我儿子不需要什么向导，”说着，他重新抬起目光，之后像是自言自语地说道，“我儿子需要的是他的妈妈。”

听完后，我明白我请他来约谈是对的。我也坚持，如果他不同意让吉尔莫和我们的心理老师玛利亚进行第一次谈话，我是不会让他离开我的办公室的。

于是我决定亮出我的杀手锏，谈谈我的预备计划。

“安图内斯先生，我觉得有些事情也许您会想了解。”我说。

他看着我，眼神中满是不信任，或者说犹豫，就是那种想要知道，但又不想听的眼神。

这些年来，像马努埃尔·安图内斯这样的例子越来越常见：父母想要向前看，却囿于太多的麻烦和日复一日的操劳，生活的重担压在他们肩上，使得他们没法向前。

马努埃尔·安图内斯耸了耸肩。

“我肯定您会很感兴趣。”我坚持道。

他把头偏向一边，眨了眨眼。左手摸了摸从右边衣袖下露出的手臂上的文身。这个肢体语言表示怀疑的态度。

“相信我。”我继续坚持。

马努埃尔

一切都始于在小吉尔莫的老师——索尼娅老师办公室的那天。

我们谈了一会儿，她非说什么小吉尔莫必须去见学校的心理医生——她管那叫“向导”——我实在是听得不耐烦，差点起身就走了。但就在那时，她说了些话，让我觉得我应该留下来继续听一下：“我觉得有些关于小吉尔莫的事情，也许您会想了解。相信我没错。”

我重新把肩膀靠在椅背儿上。

“事情？”我问。

索尼娅老师慢慢点头表示同意。她是个年轻的姑娘，有一头深褐色的头发，双眼又黑又亮。她很漂亮，目光坚定，笑的时候看起来更成熟。

“是的。”她回答。

“您说吧。”

她深吸了一口气，说道：“首先您应该知道，小吉尔莫在同学当中并不是那么……受欢迎，”我没说什么，看她的表情就知道她还没说完，“他全情投入在自己的世界里，显而易见很幸福，但与其他同学隔离开了。事实上，从这学期开始，他只和那西亚有真正意义上的联系。那西亚是个来自巴基斯坦的女孩，也是这学期刚刚转到我们学校的。据我了解，她是你们的邻居吧？”

“对，”我回答，“她是我们楼下那家商店店主的女儿。”

“嗯嗯，和我想的一样。”

“他们一家人都非常好。虽然生活方式什么的与我们不一样，但人真的不错。”

她笑了，但笑容很快就消失了。

“除此之外，他还对故事抱有极大的热情，”她边说边做着一些手势，“小吉尔莫读起故事来，就像不需要休息似的：食堂里、娱乐时间里、课间休息中……关键是读的那些作品不是他这个年纪该读的，都是些……超前的东西。不知道您能否明白我的意思？”

这次换成我笑了。她问我“能否明白”。

我怎么会不知道我儿子一直在读书？

我差点儿就要冲她这样喊出来，但我没说。她在等我的反应，我说：“小吉尔莫读书的习惯是从阿曼达那儿继承来的，这点他们很相像，还有一些其他方面也是。阿曼达能一连阅读好几小时，她一直都那样。有时甚至能在街上边走边读，我还见过她推着小车购物或者做饭时也在读书。”

“嗯，我明白。”她说，这次没有笑。

这时传来一阵喊叫声，一群孩子正从面对走廊的那扇窗前经过。我伸长了脖子，试图从中认出小吉尔莫，但没瞧见他。

索尼娅老师等他们走远了，才又继续。

“除了阅读，还有一些事引起了我的注意，”她继续说，“首先就是他对……仙女玛丽尤其关注。”

我没说什么，我们对视了几秒，我在等她继续说下去。

“刚开始，我只是觉得有点异常，但我也知道，对于一个刚刚转学的小男孩，我不想把这当成什么大不了的事。这个年纪的孩子经常幻想着各种各样的形象，有时甚至……怎么形容呢？甚至都把虚构的人物当成家庭的一员了。”

“对啊，这很常见。”

“但是昨天课上发生了一件让我开始警觉的事，所以我才打电话约您来，希望当面告诉您。”

我能从她的声音中感觉到她很担心。我感觉我的胃有微微的不舒服，突然意识到她马上要对我说的不会是什么好话，这个瞬间，我恨阿曼达没有和我一起坐在这里。

“我们应该一块儿来面对这些的，阿曼达。就像以前一样。”

我一边这么想着，一边试图把注意力集中在老师将要说的话上。

我把肩膀往椅背儿上靠去，咽了口口水。

“您说吧。”我说。

一小时后，当我在回家路上某个街角的酒吧里喝上一杯的时候，脑海中还回想着刚才和我儿子的老师会谈最后几分钟所谈的内容。

“安图内斯先生，真正让我觉得小吉尔莫应该见见学校的向导的原因，并不是他长大后想成为仙女玛丽，”她是这么说的，“我们都知道，孩子们对未来有各种各样的畅想。当然，仙女玛丽是个勇敢的人物，这没什么可担心的，反倒可以说，她是个非常正面的模范。”

我叹了口气，稍稍放松了一些。

“引起我注意的不是小吉尔莫想成为她那样的人，而是他就想成为仙女玛丽她本身。”她解释道，她手指间转着一支圆珠笔，眼睛一直盯着我。“想成为某人一样的人和想成为某人本身是有很大区别的，安图内斯先生。再加上他与班级其他同学格格不入，和他过于敏感的性格。我觉得我们有必要好好调查一下，小吉尔莫是否在试图告诉我们什么呢？从他的世界中，从他的恐惧中……没人可以确定，也许仙女玛丽仅仅是冰山一角。”

我不知道该说些什么。她轻轻拍了拍我的胳膊，朝我露出一个意味深长，仿佛知晓一切的微笑，就是那种老师把家长当傻瓜时特有的笑容。

“学校的向导玛利亚已经了解了他的情况。以前负责这块的向导并不是她，一直与我们一起工作的教育心理学者伊莎贝尔休产假去了，下个学期才能回来。但请放心，她也是非常专业的，到时候您就知道了。”

她说着打开日程簿，递给我一张名片：“请恕我冒昧，我已经给小吉尔莫约好了第一次谈话，就在下周，”随即用更加柔和的声音说，“当然，是在您同意的情况下。”

我喝啤酒的时候，又想起了阿曼达。我从皮夹里拿出她的照片时，也一块儿拿出了老师刚才给我的那张名片。我坚信阿曼达要是在的话，也会和我做一样的选择，于是脑海里便浮现出她的声音：“干得好啊，马努。你知道就像我们一直说的那样，‘知道总比不知道要好’。”这声音就像是从服务生匆忙的身影和电台的音乐间传来的一样。

“知道总比不知道要好。”这是阿曼达经常挂在嘴边的话，还有这句：“永远别后退一步，马努。这对未来可相当不利。”

我站起身，到收银台结账，来到大街上。就在要过马路时，我的脑海中突然出现了老师刚才和我讲的小吉尔莫和仙女玛丽的那件事。我仿佛又能看到老师坐在那儿，把圆珠笔放到嘴唇处，像是医生的习惯动作，好像要费好大劲才能讲出不得不讲的话；还能记得她每次讲话之前都会按按下颌。

“但是引起我最大注意的地方在于，”她说着皱起眉头，“从这学期开始到现在，小吉尔莫从来没提过他的妈妈，安图内斯先生，一次都没有。”

然后我们俩都沉默了。我沉默是因为不知道该说什么，她沉默是因为在等我说些什么。我记得我清了清嗓子，她把身体斜靠到椅子背儿上。

之后，像是思考了很久，她大声说了一句：“就好像对您儿子来说，他妈妈根本不存在一样。”

玛利亚

一切都始于一个信封，也或许不是，更确切地说，一切都始于那个信封之后所发生的事。

几天前的一个下午，班主任索尼娅到办公室来找我，她想和我谈谈她班上一个学生的事。

“是小吉尔莫，”她边说边用塑料勺搅拌她杯子里的茶，“我记得之前好像和你谈到过他。”

“没错，我有印象，”我说，“那孩子特别喜欢仙女玛丽，是吧？”

她点点头。

“我想让你和他聊聊。”

我笑了。虽然我对索尼娅了解不多（我才来了一学期，不可能对学校所有的老师都有深入了解），但索尼娅不像是喜欢兜圈子的人，她是个有性格的女人。

“当然可以，”我说，“发生什么事了吗？”

她没有立刻回答，而是目光环视了一下办公室，这才开口：“我觉得这孩子过于幸福了，玛利亚。”她奇怪地笑了笑。

我没有打断她，直觉告诉我，她是来向我寻求帮助的（这种事不常有，除非一个老师确实有些处理不了的事情），因为有些事确实令她非常担忧。

她接着说下去。“听我细细说来，”她说，“客观地讲，很多原因让人觉得小吉尔莫是个很特别的男孩子：他刚换了新学校，父母刚刚分开，只跟女孩子一起玩，对足球、篮球一类的体育运动丝毫不感兴趣，和其他孩子联系非常少，有种其他人很难形容的……过度敏感，虽然他这种特质还没被人过度谈论。除了这些，他还有优于常人的智力，更不用说对仙女玛丽痴迷这件事了。我一开始甚至觉得这很可爱，但过了一段时间，我开始对此担忧了。”

“嗯，明白。”我说。

“但尽管这么矛盾，他却是个幸福的孩子，”她澄清道，“过分幸福。”

“那你觉得……”

“我不知道我怎么觉得的，玛利亚，”她打断我，“我只知道经验告诉我，我们看到的小吉尔莫，远不是真正的他，他把自己的另一面藏起来了。”

我仔细地研究着索尼娅脸上那担忧的表情。从我这学期开始不太多的观察来看，她是那种把学生的麻烦和快乐都当成自己情感的一部分的老师，甚至有时有点过了，但她自己又无法避免。这种老师有时过度关心孩子了，而且他们自己也很清楚这点。但是我在学校的这几周中，还从未见过教学团队在评估中把这当成错误行为。

“过于幸福了。”她说。

然后她把刚刚说过的话又对我讲了一遍：“玛利亚，我觉得小吉尔莫，我们看到的那个他，只是这难题的一小部分。”她说道，脸上带着担忧的表情，又有点不好意思，看起来几乎像害怕我会认为她的话有失公正一样。这几乎属于私房话了。“我觉得在这幸福的表面之下，藏着一个秘密；就好像他迷失在一口深井里，我们得救他出来。”

我不知道该说些什么，正准备回应时，她从包里取出一个白色信封放在我面前的桌子上。

“我给你带来了这个。”她说。

我们对视了一下。

“这是什么？”

她把茶杯推远一点，两只胳膊肘撑在桌上。

“是小吉尔莫的一些画和作文，都是课上练习、小作业之类的。”

我拿起信封举到面前。

她伸出一只手盖在信封上，摇了摇头。“你不必现在打开它。”她说道，随即把一缕头发从脸上撩开，长叹一口气。

“好吧，就听你的。”我把信封放回桌子上，打开笔记本电脑，在日程表中找出一小时来安排会面。“下周有天下午，我有一小时的时间，就在上完课之后。”

索尼娅笑了。

“太好了。我和他爸爸谈谈，回头再和你说。”

当天晚上吃完饭后，我打开电视想看看新闻或者看一部平时很少看的肥皂剧来转移一下注意力，但几分钟后，我就意识到此举是徒劳的，我还是在不停地回想跟索尼娅的谈话。当我把托盘和剩下的晚餐一同放到餐厅的桌子上时，看到了今天她离开我办公室前给我的信封。

有一瞬间，我几乎就要关灯睡觉了。然而，好奇心还是战胜了疲倦。

我准备了一杯茶，回到沙发上，打开收音机，调到总是在睡觉前听的古典音乐。然后陷在沙发的靠垫里打开了信封，把里面的东西小心翼翼地放到膝头，将有着铅笔字的笔记本纸页放在一边，成堆的绘画作品放在另一边。这些画索尼娅都标好日期，按顺序装订好了。

我摊开那些画作，准备先认真研究它们。

然后我似乎明白了什么。

II

有魔力的话语，
天上的云和一些友善的声音

小吉尔莫

“不！你再复述一遍！我昨天明明和你说清楚了！”

那西亚耸了耸肩膀，把脖子缩到肩膀里。她笑了笑，但我并不觉得好笑，她也看出来了。她立刻正经起来，拿起那张印着巨大字母的纸，再次试着念：

“Shu–per–ca–fri–li–gis–to–pa–li–do……sho……”她读得非常慢，几乎唱了起来。然后看着我笑了起来，用手捂着嘴巴笑，像她妈妈在商店收银台时那样。

我们又尝试了几次，就去厨房准备午饭了，因为爸爸在书房用电脑给妈妈写邮件。每当这种时候，他是不能被打扰的，他必须得非常专心才能写好。

我们一边准备午饭，一边又看起了那个电影片段：仙女玛丽说出有魔力的话，公园里所有的东西都唱起歌，跳起舞，速度越来越快，画面十分生动。看看那西亚能不能一次就学会这些**魔法咒语**。

许多个下午放学之后，那西亚都会跟我回家一起做作业。有时我们吃完小点心，会下楼到她家开的商店玩会儿，其他时候，会在我的房间排练圣诞演出的节目。

因为老师有天告诉我们，今年演出轮到我们四年级的学生表演节目了，要么两人组合，要么分成小组，来表演节目，这样一来表演时间不会太长。那堂课结束后，只有我和那西亚两人还没有组好队，因为我们都是新来的，和大家都不熟。

因此，老师让我们俩一组。

“你们俩想演什么呢？”她问。现在已经有一个魔术表演，一个怪兽中学的舞蹈，一个贾斯汀·比伯乐队表演，还有“圣诞老人和三只驯鹿”，一个“长袜子皮皮在埃及”，还有很多我现在记不太清的节目。

那西亚不知道该说什么。她在课堂上从不发言。由于她奇怪的口音，好多时候没人听得懂她说了什么。一想到会被人嘲笑，她就觉得屈辱。

“我们可以表演一个仙女玛丽唱歌的节目吗？”我问道。那西亚立刻捂嘴大笑了起来，老师也笑了。

“当然可以了，小吉尔莫。”她还说：“多么棒的主意啊！你想演哪一个呢？”

我太开心了，开心到心跳加速，开心到想要尿尿。

“可以念那段有魔力的咒语吗？”我问，开心到说话都喷口水，我立即用袖子擦掉。

老师目光有点奇怪地看着我，眉头拧成一条线。由于我坐在最后一排，所有人都回头看向我。那西亚不笑了。

“那段……话吗？”她问。

“对啊，那段每当有人不知道该说什么时，就可以念出的长长咒语。它还可以被唱出来呢。”

老师把头偏向一边，教室里鸦雀无声。

“我觉得很好。”突然她说，还在笔记本上写了些什么，“那么那西亚和吉尔莫的节目也定下来了，你们唱仙女玛丽的……魔力咒语，是这样吧？”

我点点头。那西亚看着我，没笑，也没说话。

就从这天起，有的下午我们会在家里排练，但是那西亚演起来有些吃力。因为她英语本来就不好，刚开始时一直在出错。我们已经练了好几周了，要是再学不会，就没时间了，演出的日子马上就要到了。

有的时候，我们会下楼到阿莎女士的商店享用餐后点心，阿莎女士就是那西亚的妈妈。我们吃的蜂蜜派和杏仁糕点都被阿莎女士细心地用塑料膜包好了，以防被弄脏。之后我们到仓库去，那里很宽敞，没有窗户，到处都被帘子遮住了。那西亚一家，她父母、哥哥拉菲和她自己平时就睡在这里。她哥哥很懂手机和电脑。我们来时，他有时在，有时不在，有时他和他们的父亲在吵架，当然，是用巴基斯坦语。

那西亚虽然不太讲话，但十分聪明。她很爱笑，但和她妈妈一块儿看柜台时就没那么常笑了。她得随时盯着以防有人偷东西。那种时候，她就变得很严肃，于是我就只好回家了。

我家就在大门另一侧的阁楼里。如果爸爸还没回来，通常会把钥匙藏在地毯下，好让我能进屋。

如果爸爸在家，我们就一起看电视，有时一块儿做家务，他会给我做饭，但吃过饭，我就得到床上躺着去了，因为他要开始用电脑给妈妈写信啦。如果他还没到家，我就自己在屋里用电视看仙女玛丽的 DVD。每当到了歌曲的桥段——尤其是魔法咒语那里——我就从妈妈的衣柜里拿出她最喜欢的一件大衣穿在身上一起跟着跳。

当然，这是不能让爸爸知道的。妈妈很多冬天的衣服都留在了家里。爸爸说妈妈待的地方用不到这些衣服，因为那里是沙漠，没有冬天。

爸爸一到家，我就赶紧把大衣脱下来，还有妈妈的鞋子，以及其他被我拿来装扮成玛丽仙女的东西，一起藏到床底下。一旦被爸爸抓到我穿妈妈的衣服，我肯定就得向他保证再也不这么做了；但我还没被抓到过，因为好几次他回来就把自己关在自己房间，不和我一起吃饭，也不和我做别的事。

星期四下午，我没能和那西亚一块儿回家。雕塑课铃响结束后，我不得不留在走廊里。索尼娅老师带我去花园里的小房子那边。那时正在下雨，我们一路小跑。那小房子临街，就在铁栅边上，另一侧是带有公鸡形状风向标的喷泉。

“你知道你今天要去见向导吧。”她说。到小房子门口时，她补充道：“你会喜欢玛利亚的，小吉尔莫，相信我。”

进去之前，我没忍住，问道：“‘玛利亚’在英语里就是‘玛丽’吗？”

老师点点头。

她去按门铃，没人来开门。

“她很漂亮吗？”

老师看着我：“你说谁？玛利亚吗？”她问。

我点点头：“当然啦。”

我感到脖颈后生起一阵凉意，几乎就要问出“玛利亚老师也唱歌吗”。这时，一个声音从门铃旁边的银色栏杆传过来：“谁呀？”

索尼娅老师把脸凑到栏杆那里回答：“玛利亚，是我，索尼娅。”

“进来吧。”

一阵铃声响起，门开了。我们进了屋，来到一个小柜台前，它的大小和这房子很配。不一会儿，从门的右侧走出一位看起来很成熟的女人，她并不老，和妈妈年纪相仿，但外表却很不一样。她红色的头发绾成发髻，脸色粉红，像娃娃一样。

“你就是小吉尔莫？”她问。

我不知道该说些什么。房间里，在玛利亚女士的身后有一张闪闪发亮的大木桌子，它的四条腿弯曲着，像狮子一般。桌上放着一个棕色的手提包，有点鼓，半开着，非常像仙女玛丽的包。

“小吉尔莫？”她又喊了一次。

她那么爱笑，让我想起了妈妈。我垂下目光，因为一瞬间，我非常想妈妈，都有点想哭了。

门的另一侧，金色的管子上挂着一把黑色的雨伞，和爸爸的那把很像，但这把的手柄是银色的。于是我说：“马克斯·萨拉查跟我说，也许被带到这儿来的人都是来受罚的。”

玛利亚老师俯下身来，用手抬起我的下巴，让我抬头看着她。

“那是因为马克斯·萨拉查不知道，只有最棒的人才有机会到这儿来。”她盯着我说，她总是在微笑，弄得我也忍不住想跟她一起笑。

“最……棒的吗？”

她点点头。然后压低声音道：“我听说你非常喜欢仙女玛丽。”

“是的。”

“那你知道一件事吗？”

“什么？”

“我也非常喜欢。”她在我耳边说道。

“真的吗？”

她点点头，再次表示肯定：“非常喜欢，尤其是她唱歌的时候。”

然后她站起身，拉起我的手想带我走，但我没动。于是她转过身来朝我挤了挤眼睛，还笑着用手摸了摸我的头发。

“只有最棒的人才有机会哦，小吉尔莫。”她说着，手指在我的头发间移动，像是要弄乱我的发型一般。有时妈妈也这么做。“而且还得是认识仙女玛丽的孩子。”

我看向索尼娅老师，她朝我点点头，示意我跟去。

“别害怕。”她说。

然后我和玛利亚手拉着手进屋了。

马努埃尔

我大概七点差一刻钟到的，坐在前台等待。透过虚掩的门缝，我能听到办公室里传来的声音，除了小吉尔莫的，还有一个女人的。时不时能听见那女人问了什么问题，好像也听见了小吉尔莫的笑声。每当听到他的笑声就让我想起阿曼达的笑声。我实在太想念她了，就像被魔鬼附身了一般。

利用等待小吉尔莫出来这段时间，我在笔记本上打起了今晚写给阿曼达邮件的草稿。能在 Skype[①]上聊天当然很好，但我们没法这样，因为阿曼达那儿和这边有时差，那里是白天，这里就是黑夜。而且她得不停地工作，而我现在还在待业，每天有的是时间给她写信，这样就能减轻她不在身边带给我的痛苦了。

我在走廊里等着小吉尔莫下课，突然想起索尼娅老师在她办公室里和我讲过小吉尔莫的一句话："他是个特别的孩子。"她是这么说的。我立刻就想起阿曼达，想起她是多么**特别**。她的特别不在于美貌，虽然她的确非常美丽，而在于她身上特有的、从我见到她那天起就从未在其他人身上见过的东西。我想起那天她们整个机组的空姐一起经过机场通道，而我的眼睛只能看到她一个人。仿佛那一瞬间，一切都消失了：周遭的嘈杂、同行者、航道那里传来的燃料气味……一切，都消失不见了。她呢，看到我在看她时，就朝我微微一笑，一双蓝色的眸子像太阳般明亮。我还记得我终于鼓起勇气约她出去那天，当她对我说"好啊"的那一刻，我几乎说不出话来。我把自己关在 T1 航站楼的卫生间里，不停地用水洗脸，后来头发也湿了，我太激动了，激动得衣服都湿透了。我带她去

---

① Skype：一款即时通讯软件。

吃了中餐，之后去看电影，也许顺序是反过来的，先看的电影，后吃的中餐。现在我记不太清了，但我能清楚记得的是，从那时开始，一切都轻而易举了。是的，和她在一起就是这么自然而然，就像是我们的人生早就写好了，就等着我们相遇的那一刻，一个人伸出手就能牵到对方的手。就像是阿曼达懂得生命是怎么回事，像是她生来就带着一个“马努埃尔”的使用说明，让一切都保持着恰到好处的状态。

我们很快就结婚了，甚至比我预期的更快。是她先向我提出来的，当时我问她，为什么不再等等，等到我们彼此更熟悉一点再说呢，她哈哈大笑起来，给了我一个吻。“马努，”她说，**“我们既然都相遇了，还等什么呢？”**虽然她是半开玩笑半认真地讲出来的，但我已经像往常一样，不自觉地就像傻瓜一样相信了她的话。我激动得涨红了脸，但立即感到有些不好意思，觉得后脑勺都在发热。她见我这样，歪过头来钻进我怀里，把头埋在我的脖颈中，我整个人都沉浸在她的气味当中。“亲爱的，永远别让好事等待。”她在我耳边低声说。

一个月后我们就结婚了。

阿曼达是英国人。在她还是个婴儿时，就被父母遗弃了，她在利物浦的收容中心长到九岁，后被一对来自英格兰南部的夫妇收养。她从未真正理解她的养父母。于是一满十八岁，她就带着行李到伦敦去了，立刻就进入英国航空公司当上了空姐。在一次飞往西班牙的旅途中，她决定留在这儿。因此，除了机组的同事和几个朋友外，她那边没有一个家人来参加我们的婚礼。我这边也只来了我的哥哥吉科和他的妻子。他们从几年前开始就一直住在阿根廷，所以和我几乎没什么联系。我的爸爸没来，因为他想带着他的新女友一块儿，但被我拒绝了，他很生气，于是干脆没有来。我的内心是很开心的，因为妈妈刚去世不久，在我心里，她还在，并没有离开。所以要是父亲带另外一个女人来的话，我内心的挣扎和压力就像整个世界一样大。最终，这变成了一场十分私密的婚礼，与朋友们共进晚餐后，婚礼在海边带有夜间浴场的一块小场地上举行。阿曼达美得惊为天人，而我是世间最幸福的男人。

小吉尔莫在十个月后出生了。阿曼达告诉我她怀孕了那天，我感到如此……奇怪，以至于此时此刻我甚至都无法解释这种感觉。忽然之间，一切都变了，但她是那么幸福，我也只能告诉自己："当然了，一定会非常美妙的，到时候就知道了。"我没费多大力气就说服了自己。如果那时有人对我说事情会变成今天这样，我一定会当着他的面嘲笑他，尤其是因为小吉尔莫刚出生时，他那么漂亮、安静，一双蓝色的大眼睛和一头金发，与他妈妈的一模一样。我们立刻就发现他和阿曼达之间有一种非常特别的东西，一种……十分强烈的联系。小吉尔莫无时无刻不在找她。无论是睡不着、牙痛，还是肚子饿，不等到阿曼达把他抱在怀中，他是无论如何也不会停止哭喊的。

我知道这在母子间很常见。机场的一个同事哈维就和我讲过，他也和我在差不多时间成为父亲。阿曼达和小吉尔莫之间完全是另一种联系。一开始，我也觉得这很美好，但渐渐意识到这最终会让我感到有些厌恶。

“你这是在吃醋。”哈维对我说。这话刺伤了我。

我哈哈大笑，在停下来吃早饭的时候，以老朋友间那种方式朝他后背就是一巴掌。但我心里清楚，他说的是对的。我确实是在吃醋，吃阿曼达的醋，因为小吉尔莫和她有的东西，和我没有；我还吃小吉尔莫的醋，因为有时候，阿曼达就像他一个人的专属，这对任何一个男人来说都不好受。不是说我就不喜欢小吉尔莫那么像阿曼达，我怎么能不喜欢呢？看着他们在一块儿，就像……像看到一个奇迹一般：一样的眼神，一样的转头方式，一样的微笑……问题是——至少对我来说——小吉尔莫越长越像他妈妈，但和其他孩子的共同之处却越来越少了。我不知道如何用另一种方式表述，小吉尔莫就像是缩小版的阿曼达，一个微型的。比如，从我认识阿曼达起，她就是个童话迷，极度痴迷灵魂、仙女、地精、美人鱼、女巫、魔法一类的东西。而这些东西在我看来，真的没什么特别的。从小吉尔莫还在襁褓中起，她就给他讲各种各样的童话，这种……小女孩才读的故事，比如，白雪公主、灰姑娘、小红帽，尤其是仙女玛丽。我从没见过任何一个人像阿曼达那样痴迷仙女玛丽。她每天晚上都要给小吉尔莫讲仙女玛丽的故事，然后，他也入迷了。

再来说说其他方面，他从不和其他孩子们一块儿玩，不怎么喜欢足球等体育运动，就只看看电视上的艺术体操和花样滑冰锦标赛。装扮奇特，只和女孩一起玩……他总是这样。起初我没说什么，装作没发现任何异常。

但有一天，事情到了非常严重的地步。

我记得那天是 11 月末，我们出门去散步，在一个玩具橱窗前停下脚步。那时小吉尔莫应该四五岁的样子。他把脸贴到玻璃上，用手指着一个坐在塑料盒子上的娃娃，看着我说：

“如果我管三王[①]要的话，你觉得他们会把它带给我吗？”

旁边带着两个孩子的先生转过身来吃惊地看着我们，然后看了看那个娃娃，脸上露出嫌恶的神色，还把两个孩子拉向自己身旁。我真想打破他的脑袋，但不得不咽下愤怒和羞耻。

到家后，我想和阿曼达郑重地谈谈此事，但她的回答就和往常一样。“亲爱的，你觉得小吉尔莫是个不幸福的孩子吗？”她问。

我沉默了几秒钟。看向小吉尔莫，他正坐在客厅的地上画着画，唱着歌。

“当然不这么觉得。”我对她说。

她笑了。“其实没什么人会在乎，一个小孩子装扮成外星人，又或者打扮成一个商店店员。”她说。

我无言以对。如果小吉尔莫是幸福的，那阿曼达也是；如果她是，我怎么能不是呢？这么想着，我没什么可说的了。

那时小吉尔莫还很小，我疯狂地上夜班，到家时已经累得要死，所以就没再深究这些。反正有阿曼达整天陪着他玩，我正好放松，都交给她了。都让她管吧，我想，你别插手，

① 三王：西班牙传说中的东方三王——黑脸国王、黄脸国王和白脸国王，这三个国王给人们带来了幸福和欢乐。他们还专门给小孩送礼物，送礼物的时间就定在每年的 1 月 6 日，于是这个节日就成了西班牙的儿童节，又叫三王节。

阿曼达知道自己在做什么。

现在阿曼达不在这儿了，我才发觉我犯了大错。我这个父亲选了条看似舒服的路，对孩子睁一只眼，闭一只眼，把小吉尔莫完全扔给阿曼达照顾。现在看来，我那时本应该全力以赴扮好自己的角色的。如果我当时尽到职责了，或许现在事态就不会这么严重，也不会轮到我来面对什么心理医生这些烂摊子了。说到底，也许小吉尔莫这些麻烦有一部分是……我的错。

忽然间，屋子里传来那女人的声音，非常甜美，像是在唱歌。我从自己的思绪中回过神来。

“小吉尔莫，你现在告诉我吧，你是非常想念妈妈，还是只有一点儿想呢？”

我咽了口口水。窗外，喷泉之上的黑色铁制风向标开始在雨中左右转动。

一片寂静。

“小吉尔莫，回答呀。”那声音坚持道。

更寂静了。

“你不想回答我吗？”

又一阵寂静。

最后，小吉尔莫终于开口了：“不想。”

几秒钟的等待。风向标在喷泉的石头之上越转越快，雨下得更大了。

“为什么呢？”女声问道。

散热器壁架上的钟表指针指向了七点钟，风向标突然停下。因此，小吉尔莫的声音听起来像是窃窃私语：“这……是个秘密。”

玛利亚

“是个秘密。”小吉尔莫回答，脸上带着又羞涩又淘气的微笑。在我面前的桌子上放着小吉尔莫在谈话期间画的画，都是刚刚交给我的。我把它们翻了一遍，不禁打了个寒战。

这画和索尼娅交给我的信封里面的画一模一样：在画的右下方，地平线之上，门开着，房间里，一个男人坐在桌前，面前是一面巨大的屏幕。男人戴着耳机，脸上脏兮兮的，满是污渍。纸的上方有一架飞机，上面站着一个女人。飞机下方，迷你的玛丽仙女（我认为小吉尔莫是想画这个）正在飞翔，她向飞机上的女人伸出一根魔杖，另一只胳膊下面夹着一本巨大的书。除此之外，还有些矩形散落在空中，每一个都有一扇小窗户，后面探出一张脸。房子里还有台洗衣机。男人的身后，门的旁边，竖立着一个柜子，上面有个盒子，墙上靠着一架梯子。“Supercalifragilisticoespialidoso[①]”这个词横跨整张纸的对角线。

① 该词对应英文中的“Supercalifragilisticexpialidocious”，是由 34 个字母构成的词，有“胡言乱语”的色彩，意思是“奇妙的，难以置信的”。源于 1964 年迪士尼歌舞电影《欢乐满人间》的插曲 *Supercalifragilisticexpialidocious*。

小吉尔莫拾起在谈话过程中把玩了好一会儿的乐高玩具，开始重新搭建成一座桥。

墙上的钟指向七点时，谈话要结束了。他抬起目光，脸上浮现着整个谈话过程中都不曾消失的兴奋的微笑，好奇地问：**“长大成人要很久吗？”**

我笑了。小吉尔莫蓝色的眼睛敢于直视一切。他提问时丝毫不觉得难为情，就像问的是世界上最自然而然的问题一样。正是这点让我安下心来。

“需要几年吧。”我回答。

他皱了皱眉，头偏向一侧，很自然地露出一个孩子气的厌烦表情，让我禁不住又笑了起来。

“不能更快了吗？”他问，然后皱皱鼻子。

我顿了顿，然后问：“你为什么想快快长大呢？”

他把目光转向窗外，眨了眨眼。

“因为如果不快点长大的话，我怕等我长大了，可能就太晚了。”他很认真地说。我可以感受到他声音中充满了焦虑。

“太晚了？怎么会太晚呢，小吉尔莫？你要去做什么？”我问，目光扫视着他的画，定格在坐在电视机前戴着耳机的男人身上。

小吉尔莫深吸了一口气，说：“对于魔法。”

那一刻，我不知道如何理解他回答的维度，所以选择转移他的注意力，指着画里的男人问：“小吉尔莫，这是你爸爸吗？”

他笑了，点了点头。那是个奇怪的微笑，像是成年人才会有的。

“他总是看电视吗？”

他摇了摇头表示否定。

“不，那不是电视，是电脑。”

“哦。”

“他戴着耳机是为了在晚上和妈妈聊天。”

我又看向那幅画，发现事实上，在男人的面前有一扇窗，窗外有一轮月亮。

“那你从来不和她讲话吗？”

他垂下目光。

“她只有在我睡觉时才能讲话。”他说。

“哦，是这样啊，我明白了。”我看向时钟，发现我们的谈话已经超时十分钟了，于是决定就此结束。“如果你没什么问题的话，我们就先到这儿吧。”

“好的。”

我送他到门口，和他爸爸打了招呼，他已经在那儿等着了。当安图内斯先生问我谈话进行得如何时，我试图给出最谨慎的回答，于是对他说现在下结论还太早，我想在这学期结束前，每周和小吉尔莫会谈一次。他看起来既不高兴，也不很信服，但还是带着些许不情愿同意了。之后我们约定，小吉尔莫每周四都在这个时间点来见我。我把他们送到门口，望着他们快步消失在雨中的身影。

我重新坐到桌前，打算把跟小吉尔莫会谈的情况写个总结。当我拿起那幅画准备保存到文件夹里时，一个东西引起了我的注意。

我戴上眼镜，将纸拿到台灯下仔细地研究起来，心跳有些加速。

小吉尔莫画中那个坐在桌前、戴着耳机的男人脸上的斑点不是胡须。

是眼泪。

我把目光右移到小吉尔莫画中的电脑屏幕上。

我倒吸了一口凉气。

III

一个勇敢的决定，
宝箱和周四的信

小吉尔莫

妈妈还住在家里时，每天晚上上床睡觉之前，都会来陪陪我，她会带一杯热牛奶，再讲些有趣的故事给我听。有时也会讲些她小时候住在英国时发生的事，虽然不像仙女玛丽照看的班克斯兄弟们一样在伦敦，而是和父母同住。其实也不是她真正的父母，因为她是被收养的。其他时候，她会给我读仙女玛丽的片段，但不是电影里那个和妈妈一样来自英国的演员朱莉·安德鲁斯[1]，而是书里面的。二者虽是同样的人物，但很不同。

“这才是真正的，”有一天她对我说，“电影里的是另一个，因为电影篇幅有限，不得不把故事概括了。”

现在妈妈不在家了，我得自己上床睡觉了。晚饭后，爸爸坐在电脑前写信，等待深夜的来临，好能和妈妈聊天。而我在厨房看电视或者做家务，绝不靠近他一步，因为那是被明令禁止的，违规就要受罚。但周三不同，我早早上床睡觉，因为周四是妈妈来信的日子。爸爸说，如果我不早睡的话，邮差送信时，就会绕过我们家，到时候，我就不得不再多等上一星期。因此，昨晚，我早早上床睡觉，今早，信就已经躺在邮箱里了。信封是紫色的，上面贴着在那西亚看来十分奇怪的邮票。考虑到她来自巴基斯坦，而在学校的世界地图上，迪拜和巴基斯坦相距很远，所以她了解的可能也不是很多——但她说奇怪就奇怪吧。

课间休息时，我和那西亚到洗手间一起读信。好吧，其实是我读她听，因为有些字她看不懂。

① 朱莉·安德鲁斯：英国著名女演员，出演过《音乐之声》等家喻户晓的电影，在电影《欢乐满人间》中饰演仙女玛丽。

宝贝：

你爸爸和我说你很好，学习很用功，还一直和朋友排练圣诞演出的节目。你不知道我有多想到现场去看你表演。但别担心，你爸爸答应我，他会录像，然后发给我。

今天我非常想你，因为有一名乘客带了一把有鹦鹉头手柄的伞，虽然她的是金色的，和我们的玛丽仙女的那把不一样。而且它也不会说话（好吧，至少我没看见，但谁知道呢）。告诉我，你现在已经开始列圣诞想要的礼物清单了吗？可别等到最后一刻才开始哦。把清单给你爸爸，让他发给我。如果我们两个一起来帮你准备，也许会更快捷一些。

好啦宝贝，我得离开了。我还有不到一小时就要开始工作了，在这之前，还得下楼到邮局寄信。啊，对了，随信寄给你一张明信片，你一定会喜欢的。但不是海豚（你还记得吗，你问过我，这边是否有海豚？），它叫海牛，是……美人鱼的爸爸！是真的！你之前不知道有雄性美人鱼吧？这里就有。来让你瞧瞧世上存在的美妙之物。

我非常爱你，我的儿子。直到世界尽头，也永远不会忘记你。

妈妈

附言：你爸爸告诉我，你有了一个很棒的新朋友玛利亚，她帮了你很多。多好啊！我相信她是位很棒的女士。还有，多和爸爸交流，别总惹他生气，你知道他就那样。

那西亚从信封中取出明信片，我俩看着照片中的雄性美人鱼。他看起来像海里的熊，但没有毛发，长相很丑陋，长得特别像管食堂的塞巴斯蒂安。我们哈哈大笑起来，一直笑到我有点尿意才停下。我不得不飞快地跑进厕所，以防尿裤子，极力避免重演晚上在家不时发生的那一幕。

我从厕所出来时，那西亚还在盯着那雄性美人鱼。

“我长大后，也要满世界去旅行，像你妈妈那样。”她说。

我没说什么，她把明信片递给我。

“你知道吗，我觉得我现在不想成为公主了。”她捂着嘴笑了笑。

“不想了吗？”

“不想了。”她摇了摇头表示否定，说：“我现在想成为迪拜的空姐。”

我们俩都笑了，但随即放低声音以防走廊里有人听到。

“为什么？”

“因为我觉得公主不得不永远待在一个地方，不能随意搬家。还总得戴着头巾，保持沉默，就像我妈妈在商店柜台后的状态，即便不在商店的柜台后面，她的丈夫也无时无刻不在监视着她。我想我可能不喜欢这种生活。有个当空姐的妈妈多酷啊，不是吗？那么摩登，那么美丽，就像宝莱坞[①]的女演员，不过你妈妈是金发，也不用一直唱唱跳跳怪累的……”

我喉咙有些哽咽，眼睛睁开、闭上很多次，因为我想起了妈妈。

还记起那天我们在那西亚家看相册，她指给我看一个留着黑色胡须的男人，他看起来很严肃，穿着军装，稍微有点胖。我问她这是她家人吗，她表情奇怪地点头称是。

“他叫艾哈迈德，”她说，“是我的未婚夫。”

“你的未婚夫是什么意思？”

“未婚夫就是我将来的丈夫，但现在还不是。”

“结婚会让你过上幸福的生活吗？”

那西亚用手帕捂住嘴，但没有笑，耸了耸肩说：“我不知道。其实我不认识他，但我爸爸说他很好，说他有房子和工厂，

① 宝莱坞：印度孟买电影基地，代表部分印度电影产业，是世界上最大的电影生产基地之一，拥有数亿观众。

工厂大得就和纽约的一样大，那里有很多工人，整天摆弄着机器，伴随着巨大的噪声。”

“哦。”

她没再说什么。我们继续翻了一会儿相册，她突然说：“他三十二岁了。”

我不知道该说什么，那个下午不知道，今早在卫生间的时候，也是如此。当那西亚走近我拉起我的手时，我不知该说什么，所以只能望向地面，咽了咽口水。

“你妈妈很快就会回来了。”她说。

我点点头，但没出声。

“也许圣诞节就能回来，来看我们在演出舞台上唱歌。”

“不可能。”

“可是，她没有假期吗？”

“没有。”

“哦。”

有一小会儿，我们谁都没说话。然后她打破沉默，边说边把我拉向门口：“我们到后院去玩我的芭比娃娃怎么样？”我没说什么，于是她看着我，又说：“或者再去排练一会儿？还有十分钟才响铃呢，走吧！”

我的眼睛立刻就不那么想流泪了。我把信揣到长衫兜里，和她一块儿跑下楼。在去院子的路上，我们碰到了索尼娅老师和五年级的阿黛拉老师。

老师用手摸了摸我的头，又把我头发弄乱了。我们走开没几步路，她朝我喊：“吉尔莫，别忘了今天下午你还和玛利亚有约呢！”

我回答说记着呢，就和那西亚手拉着手跑到后院去了。

“玛利亚是谁啊？”我们吃花生酱三明治时，她问。

“是位在花园小屋里问我事情的女士。”

“事情？”

“嗯，她还让我玩乐高呢。”

“多奇怪啊，不是吗？”

“你也这样觉得吧？”

“那你为什么去呢？”

“因为我爸爸说她是位向导，给人提供帮助。”

“这样啊。”

“嗯。”

“她要是向导的话，说不定是从……东方来的呢[1]……和

[1] 西班牙语中“向导”一词（orientadora）和“东方”一词（oriente）词根相同，故此处那西亚说向导可能来自东方。

东方三王一样。”她坐在篮球场边上说。

因为嘴里塞满了花生酱三明治，我只好摇了摇头表示否定。而且我知道东方三王的故事是假的，因为有关骆驼的桥段是不可能发生的，虽然那西亚不以为然，认为有可能是魔力的作用使它们飞了起来。

“叫她向导，是因为……因为在窗前有个带公鸡形状的风向标，”我说，“当你坐在那个椅子上，风向标就转向东，真实的东方哦，因为晚间电视新闻中的天气播报员就是这么说的。”

“一个风向标！和玛丽仙女的一样！”她大叫，嘴里的面包屑和一点唾液朝我飞溅而来，“这一定是个预兆，小吉尔莫，就像美国侦探故事里那样。”

我沉思了一会儿，突然想起玛利亚给我留的绘画小任务还没有完成，顿时紧张了起来，因为她有可能因此而生气。然后我想到，如果她不喜欢我的画，也许我可以把妈妈的信和雄性美人鱼的明信片拿给她看。因为她一定没见过雄性美人鱼，但也有可能见过。

“铃响了，小吉尔莫！”那西亚边说边把剩下的三明治全塞进嘴里，捡起地上的芭比娃娃，“我们快跑吧，该上体操课了。你又不是不知道，我们要是去晚了，马丁先生会怎样。”

我们一起朝门跑去。当我们不听话时，马丁先生的脸颊会气得像蟾蜍一样胀起来。如果我们忘带体操器械或运动鞋，他还会罚我们绕足球场跑圈。他一定对我们非常不满，因为那西亚的父母不允许她在学校换衣服，即使是体育课也不行。还因为我们俩总是站在最后一排，因为我害怕皮球。但这些对我来说都无关紧要，因为我们俩能躲在更衣室后面玩我们自己的，而且还不被人看见。

就是这样的。

玛利亚

“所以说，东方三王是不存在的了？”

小吉尔莫一直聚精会神地看着桌上快要建好的乐高积木，试图将最后一块插入屋顶时，他紧张地伸出了舌头。

见他如此入神，我想起几天前我和索尼娅在办公室里的那次谈话。那次会谈十分简短，仅仅用了课间五分钟而已。和她之间有时就是这样，谈到重要的事情，我们俩都不喜欢拐弯抹角，开门见山直接一些，挺好。

我一坐下就打开皮夹，取出小吉尔莫最近的一幅画，摆到她面前的桌子上。

“你看。”

她手里握着笔，仔细地研究起来。她用笔尖翻阅了每幅画，但笔头却始终没有碰到纸。最后，当翻到坐在电脑前的小吉尔莫父亲这张画时，圆珠笔悬住了。她抬起头，看着我：“他是在……？”

我点点头。

“没错，是在哭泣。”

索尼娅皱起眉头，但没再对我说什么，注意力又重新回到纸上。过了几秒钟，她把笔放回了桌上，看向我，仍旧皱着眉。随后扬起一道眉毛。

“这能说明什么呢？”她问，马上又说，“我认为一个男人哭泣也没什么不正常的。与妻子相隔万里对他来说一定很艰难。也许和她讲话时，他从屏幕里看见她，有点超现实的意味。我不觉得这有什么异常的。”

我摇头表示反对。

“不，这不是最根本的。”

“那是怎样的？”她问，声音中透着愤怒和不耐烦。走廊传来一阵学生跑过门前时发出的叫喊声。索尼娅嘟了嘟嘴。我站起身来，绕过桌子站到她旁边，用手指了指画中的电脑屏幕。

“要是屏幕上画的是张女人的脸，我也不觉得有什么奇怪的。”

顷刻间，索尼娅皱起了眉头，额头被细纹填满。她用手推开我的手指，整张脸贴向纸面。

“可是……”我听见她自言自语道，“可是这张脸是……”

她慢慢转向我，目光与我的目光交汇。我轻轻点了点头。

“是的，那画的是小吉尔莫爸爸的脸，不是他妈妈的。”

“我拼好了。”小吉尔莫说，他坐在桌子的另一侧，一只手放在乐高房子的屋顶上。在我右边，时钟旁边，放着小吉尔莫今天刚刚交给我的画。我边和他聊天，边研究着这幅画。

我期待他说点什么，但他什么都没说。于是我决定重复一遍我的问题来打破这沉默。

“所以说，东方三王是不存在的了？”

“不存在。”

“这样啊。”

“去年一个六年级的孩子这么对我说过，但是我早就知道了。”

“哦？是吗？”

“当然了。”

他抬起目光，脸上挂着微笑，依旧是那幸福的、近乎完美的微笑：“圣诞老人也一样不存在。”

“嗯嗯，是的。”

他挠了挠鼻子，眼睛盯着窗外，开口：“给我们带来礼物的是仙女玛丽。”

我强忍住没有笑，又是仙女玛丽。

“那你是怎么知道的呢？”

“因为骆驼走得太慢，没法分发礼物，而且它们又不会飞。驯鹿也不会。”

我再次压下想要笑出来的冲动。孩子的逻辑有时就是这么理所当然又特殊，甚至让人无法反驳。一件事对他们来说，当他认为是这样的，那就是这样的，他觉得不是这样的，那就理所当然不是这样。驯鹿和骆驼不会飞，因为它们没有翅膀，而一个穿高跟鞋、帽子上别一朵花、带着把伞、还会讲话的女人却是会飞的。

小吉尔莫有一会儿没说话，我借此机会又重新观察他的画。上周四，我让他重新画一幅他爸爸的书房。我决定每次会面都留给他这个任务，引导他关注这幅画上最特殊的部分，尽管他已经画了一次又一次。这幅新作的巨大尺寸让我惊讶。纸的上方满是飘浮在空中的矩形，左上角有一扇小窗，从里面探出一张人脸。纸的下方是他爸爸的书房，但和原来那幅有些不同：写字台是一样的，电脑屏幕、上面放着盒子的柜子和有架梯子斜靠其上的墙壁也没有变化，但桌前却没有人。人被小吉尔莫画到梯子上去了。那人用手指着柜子上方的盒子。

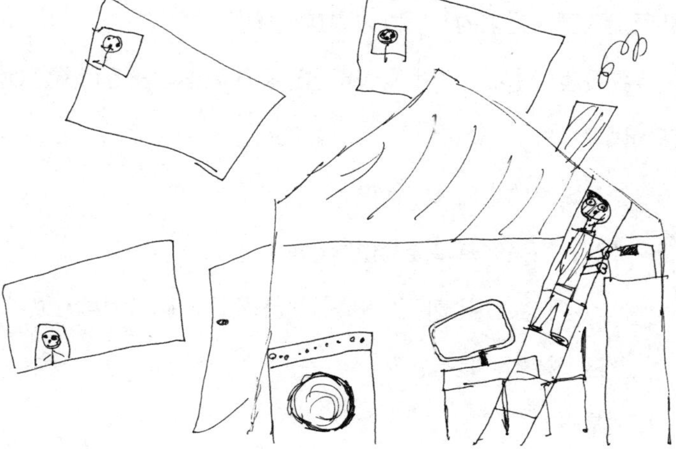

看着这幅画我意识到，那些散布在空中的矩形实际上是邻居们的窗户，正是从书房里观察到的样子。

“一共多少扇窗户啊，小吉尔莫？”我问，沉默被打破了。

他看着我，皱起眉头，但什么也没说。

“你有很多邻居吗？”

他摇了摇头表示否定，又沉默了片刻，最后说道：

“那些不是窗户。”

“哦。”

“是信。”他解释道。见我表情这么惊讶，他大笑起来，指着其中一个矩形说，“好吧，其实是信封。信在里面。”接着他的眼睛闪烁出光芒，补充道，“这个是邮票，它们是从天上飞到这儿来的，所以才飘在空气中。”

我没表现出惊讶，也没表现出过多的兴趣。我等待着。他继续讲。

“是妈妈的来信。”他说。

“啊，原来你妈妈会写信给你啊。”

他点了点头，眼睛闪闪发亮：“每周四早上，很早就到。”

“这多棒啊，是吧？”

“是呀。”

“她一定非常爱你，才会每周都给你写信，还那么早就到。”

他没讲话，然后像是记起了什么很重要的事情，说道：“她还给我寄明信片呢。”

“哇，是吗？”

“是的。”

几秒后，他又说：“是雄性美人鱼的明信片。”

我怀疑自己没听清他说的是什么，而他好像发现了这一点，因为迟疑了一下后，他哈哈大笑起来，他把手伸进衣兜里，从里面掏出一个紫色的信封，递给我，但好像立刻就后悔了，他一下子把手缩回去，仿佛想起了什么，才在最后一刻改变了主意。

他看着我笑了，但这次不是幸福的笑，而是带有警觉意味的。然后他很快地打开信封，从里面取出一张明信片和一页只有一面写了字的纸。他把明信片和纸一块儿递给我，但没给我信封。

我花了几分钟读信。看了看明信片之后，我们聊起了雄性美人鱼。我问他是否介意我复印他的信，他说不介意。

这次会谈剩下的时间，我问了他学校的演出准备得怎么样，还问了关于他画中书房的一些情况。现在我终于明白了，他采用这种方式描绘，是为了把我的注意力吸引到那个盒子上去。

当我问到那盒子时，他是这么说的：“这是个宝箱。”

没等我问，他又压低声音说：“但这是个秘密。”

又是个秘密，我心想。我也压低声音说：“那我们不告诉任何人，好吧？”

他没笑，反而很严肃地看着我。

他正要讲时，入口处传来敲门声，有人咳嗽了一声，我认出那是小吉尔莫的爸爸。我看了眼表，时间到了。

“但谁也不能告诉，任何人都不行，玛利亚老师。”他嘀咕着，还偷偷向门那边看了一眼。

我抓起他的手握在自己手里。

“我保证，小吉尔莫，谁也不告诉。”我说。

他看起来放心了。

“要是爸爸知道有时我爬上去打开宝箱……去看妈妈的话，他可能会心痛而死，那就太晚了，因为我还有很久才能长大呢。”

我不知道他在说什么。趁他喘口气继续讲“看妈妈”这件事的空隙里，我茫然不知所措，只好把目光放到那幅画上，打发时间。

办公室一片静默，有种什么东西在这犹豫不决中升腾，像一层厚厚的空气笼罩着我们。

我看了眼表。没时间再多说了。

几分钟后，我透过办公室窗户看着小吉尔莫和他爸爸离开，感觉胃里打了个结一般。他们背对着我的视线，手牵着手，就像任何一个父亲领着儿子从学校往家走时的画面一样，但又有些许不同。

有什么地方不太对劲呢?

我继续观察了他们一会儿，突然发现：

小吉尔莫拉着他的父亲，但不像是一个不耐烦、或兴奋、或急着回家的孩子拉着一个成年人。不，不是那样的。小吉尔莫拉着他的父亲像一艘拖船拉着一艘疲惫的船驶向港口。拖着一艘沉重的船，“负重前行”，对，我心里冒出的就是这个想法。

看着窗外，我忽然明白了索尼娅的话是有道理的，她的直觉没错，确实有一座冰山存在，而小吉尔莫的快乐只是可见的冰山一角。

表层之下，冰块的灰色阴影似乎将父子联结在一个整体中，在他们的脚下以一团神秘的光环扩散。

这一切正发生在他们沉默着离开的那个下午。

小吉尔莫

“宝箱？”

那西亚和我正在她家厨房吃午后点心。这地方非常小，一扇窗户都没有，还被当作餐厅、客厅和她父母的卧室，因为那儿有张带床垫等配件的沙发可以在夜间打开使用。那西亚从来没有告诉我这个，但我觉得它像飞毯一样神奇，可能在巴基斯坦，有时魔毯为阿拉丁[①]所用，其他时候就变成沙发供

① 阿拉丁：故事《阿拉丁神灯》中的主人公，拥有驾驶飞毯穿梭的魔力。

休息使用。

有时我们从学校回来时，那西亚的哥哥拉菲正在沙发上午睡，我们不得不用非常低的声音讲话，吃点心也不敢发出声音，因为他一旦被吵醒，就会发脾气。据那西亚说，他还会向他们的爸爸告状。拉菲离开后，那西亚帮他收拾好盘子和地上的拖鞋，与此同时，他父母正在商店招呼顾客，那西亚告诉我，这就是她和那个相册里的留胡子的胖先生结婚后会过的生活。

她这样做，就可以提前学会这些家务事了。但今天拉菲没在，因为每周二，他都到电话亭去给舅舅帮忙。我们作业也写完了，我把喝高乐高用过的玻璃杯放在水槽里。之前，在从学校回来的路上，我告诉那西亚，周四玛利亚老师让我画宝箱，她听了看着我，眉毛凑在一块儿，等着我讲给她听。

“宝箱是爸爸保存在柜子上的一个盒子，里面装的都是妈妈非常好看的东西。他把它放在那儿，就是为了不让我看到。”我说，“但有时趁他不在，我就爬梯子上去，把盒子拿到厨房去看里面有什么。”

“可你爸爸为什么不让你看呢？”

“因为都是大人的东西。”

“大人的？”

“对。”

“大人的东西是像美国迪厅里的影像那种，还是结婚生子之类的呢？”

“我不知道。”

那西亚的表情有点奇怪，说：“但你是只需要画宝盒里面，还是里外都得画呢？”

“里外都画。”

那西亚爬上小凳子开始洗水槽里的杯子和盘子。她擦干它们时，我说：“如果需要的话，我来帮你吧。”

“嗯嗯，好的。”

我们坐到桌前。

我不会同时画出盒子的里外，因为这在一张纸上是不可能做到的。那西亚建议说，那就画成我们从上面观察到的盒子打开的样子。然后她递给我一支铅笔。

我看着她，没说话。

“也许你不应该看，因为这是爸爸的秘密。”我对她说。

“哦。”

“嗯。”

“好吧。”

“那我用头巾遮住脸就看不到了。”她把头巾放下来，笑了笑。她看了眼挂在冰箱上方的钟表，“但你得快点儿，否则拉菲一回来，我们就排练不上了。”

“好的。”

她不再看我了。我便开始画了，费了好一会儿工夫，因为一开始我想画的画不下，擦掉了好几次。而且我只有一支铅笔。最后我想到一个办法既可以快点画完，又可以把宝箱里的东西都画进去。其实是几乎所有的东西。

“好了吗？”那西亚在沙发那边问道。

我说画完了，但还少一样东西，我不知道怎么画进去。因为爸爸总是把它放在最里面不想让我找到，而且也已经没有地方画它了。然后，在从健身包里取出服装进行排练时（因为那西亚的父母不让她化装，所以她总是要我穿它们），我发现最好的办法就是把它放在页面的另一边，这样，一切就大功告成了。我们打开电脑，开始唱歌，但唱了不一会儿，因为当那西亚又一次唱错歌词，唱了三遍“Superclarifisticolidoso”时，我有点生气了，其实是非常生气。

她不唱了，用头巾把嘴捂住，说：“小吉尔莫，我唱不好。太难了。”

有一小会儿，我们俩谁都没说话，陷入了沉思。直到我想起仙女玛丽，想起当我不知道怎么做一件事或者害怕某些东西时，妈妈经常说的一句话：“反过来试试，小吉尔莫。”她说。

我看向那西亚。

我有了个主意。

“我们反过来试试呢？”我对她说。

她奇怪地看着我，用手捂住嘴，但没笑，也没什么别的表现。然后问：“反过来？怎么反过来？”

我们又沉默了片刻，可以听得见外面传来收音机的“克铃克铃”声和塑料袋的窸窣声，那是那西亚的父母正把东西装进袋子，好让顾客带回家去。

“或许我们可以演别的节目。”那西亚说，挠了挠头巾下的头发，“演稍微简单点的。”

我的喉咙里仿佛有什么东西堵住了，我的目光躲闪，但她马上说：“我们可以讲个故事什么的。”

我依旧目光闪躲。

“讲个仙女的。”

“仙女的？”

“或者……讲到处旅行的空姐的故事，这样，她或许就不用当个一直闷在家的公主了。”

我咽了咽口水，摇头表示否定，眼睛盯着地面。

“必须是和仙女玛丽有关的。”

“为什么？”

“否则魔法就不起作用了。”

那西亚奇怪地看着我，但还是缓缓点头表示同意。

“啊，当然了。”

我们坐在沙发上，电脑屏幕一直放着迪士尼频道的歌曲，歌词字幕很大，让我们站在远处也能唱好，我正因此而看到了桌子上的服装。

“我想我有主意了。”

“是吗？”她说，耸了耸肩。

“没错！你马上就知道怎么回事了！”

玛利亚

昨天，小吉尔莫比六点提早一些到了咨询室，确切时间是五点四十七分。

我那时正在阅读一篇报告，听见铃响，我做了件平时不常做的事：站起来开门前，我先把身子探出了窗外。这是个自然的动作，没什么特别的。

小吉尔莫站在小房子的门前，正在阅读一块黄色纸张上的东西，从我这儿看去，那纸又皱又模糊。他把重心从一只脚换到另一只，一只手抚摸着那张纸，另一只手心不在焉地挠着脖子。

当我离开时，一阵微风轻轻吹过窗前喷泉处的方向标，铁片发出的尖利声响使小吉尔莫从他的遐想中回过神来。他突然转过身去看向喷泉，顷刻之间，我看到了他的眼神。

我整个身体贴在玻璃上。

那一刻是我认识小吉尔莫以来，第一次在他眼中看到一个九岁男孩的眼神。

“冰山。”我脑海中响起了索尼娅的声音，同时远离窗户以防他看到我。我赶快走到门那里。当我给他打开门时，黄色的纸片已经不见了。

“你来早了。”

他点点头，没说什么。我闪向一边，他径直走向办公室，坐在他的位置上，神色很安定。我紧跟其后。我刚在我的位子坐定，他就打开一个橡胶夹子，把我上周布置他画的画放在桌子上，然后推到我面前。

“这是宝箱。”他说。

“谢谢。”

看到画后，我强忍着没有笑出来。很明显，小吉尔莫试图以俯视的视角表现宝箱里装的东西，因为能看出盒子里其他画好的物体被擦去的痕迹。当试图准确地描绘宝箱的内容时，他发现自己不知道如何将一个物体叠加在另一个物体上，经过多次尝试，他找到了一个比其他的画能展现出更多物体的解决方案。

他决定不去画，而是去描绘，为此，他把纸竖过来，分成上、下两部分，上半部分起名“阁楼”，下半部分则叫“前厅”。每部分都附上了一份带有简要说明的事项清单：

阁楼

1. 妈妈的乌龟珠宝盒，里面有一条项链，几对闪闪发亮的耳环，一块看上去是金色，而且很贵的手表。

2. 一个鞋盒子一样的小黑盒子。里面都是照片，有我的，还有妈妈的，她穿着空姐制服站在一架明净的飞机前。有些照片上的东西我也不认识，因为那是很久以前，那时我还没出生呢。

3. 一个没有橡皮筋的棕色文件夹，里面装着《抵押贷款和汽车》和《待处理的收据》。

4. 两本英文书，但不是关于仙女玛丽的，因为里面没有图画，也没有曲谱。

5. 一本镶金边的绿色带锁笔记本，像是故事书里写的没法打得开的那种。

前厅

1. 一只叫“雷纳托”的泰迪熊，上面挂着一张有爸爸字迹的便签，写着：今天是拥抱一周年纪念日。

2. 一包卡片，上面画着一位巫师的彩色游戏纸牌，卡片上写着“马塞拉塔罗[①]”。

3. 一块蓝色手帕，上面带有妈妈的气味，虽然她现在在遥远的地方。

4. 一张带有深色木质相框的大照片，里面的主角是爸爸和妈妈，还有很多人在大笑。妈妈身着白色长裙，头发间别着鲜花。爸爸身着黑色西装，尺寸稍大，但看起来很不错。

5. 一些用蓝色丝带捆起来的信件，数量在五十到一百之间。数量估计不准确。

我低声读完了信，准备把纸拿起来放进小吉尔莫的文件夹

① 塔罗：占卜用具，通过在指定位置（牌阵）上放置随机抽取的卡牌，分析牌面的象征意义对问题做出解释。常见于西方占卜中，偏向心灵占卜。

中。这时他羞涩地把手伸向前，几乎是窃窃私语道：“嗯……还有另一面。”

我迷惑地看着他。

“另一面？”

他点点头，低声说：“背面的东西。”他伸出手，把纸翻过来，重新放到了写字台上。

“背面的。”

在纸的另一面，小吉尔莫列出了特别清单。他是这么写的：

地下室

为了不被任何人发现，棕色的皮质影集被放在最下面。由于这是爸爸的珍宝，一个秘密。这样最好不过了。

有一小会儿，我不知道该说些什么。很明显，小吉尔莫应该是在最后一刻把相册加进去的，因为这段文字较之前写得更加漫不经心，而且不是用铅笔写的，而是用一种细头的记号笔。

“啊，棕色的皮质相册。”我把纸放回桌子上。

小吉尔莫看着我，但什么也没说。我决定试探他一下。

“嗯……它在宝箱很靠近底下的地方，是吧？”

“是的。”他说。

“既然你爸爸把它放到那么隐蔽的地方，一定是很有价值的东西了。”

他点了点头，但没看我。

“里面肯定有许多神秘又好看的东西。”

小吉尔莫在椅子里动了动，看起来很不自在。一片沉默。

我等待着。

他咽了咽口水，把手悄悄地伸进口袋，开始摸什么东西。从那轻轻的吱嘎声和摩擦声中，我明白了，他摸的东西是那会儿他站在门边，等着我开门让他进来时，手里拿的那张黄色纸片。

“我们今天不玩乐高吗？”他问，但没有抬起目光。我一看向他，就知道有些不妙。声音还是他的，但传达出来的东西却完全不同了。在那声音中出现了之前完全没有的情绪，这使我警惕起来。他的语气收缩了起来，声音背后似乎有更多没有表明的东西。

纠结。就是这种感觉。

“当然可以了，”我对他说，“你想玩吗？”

他点了好几次头，我立刻起身去拿柜子里的乐高积木盒。就在我到了盒子那里，准备拿出来时，听见他的声音从背后传来：“那是妈妈的相册。”

我转过身，小吉尔莫仍在摩挲着他膝盖上的那张纸片。他那么聚精会神地看着我，我决定就站在原地不动，保持着我们身体上的距离。他眼中浮现出一些新的东西。

是分享的欲望。

“啊，当然啦，就因为这个，所以才这么有价值。”我对他说，面带微笑，“因为里面有照片，还有你妈妈的东西，所以对爸爸来说是宝藏。”

他两条腿交叉着前后摆动，刚开始非常慢，然后越来越快。

“不是的。”他说。

我把后背靠在书架上深呼吸，看着他坐在那儿摆动着小腿，手不住地摩挲着纸片。时间一分一秒地流逝，沉默充盈了一切。

见他不说话，我决定打破这僵局。

“小吉尔莫，你有什么想告诉我的吗？”

沉默。

我走过去，绕过写字台，在他身旁蹲下。我发现在他脚边有一张和他手里一样的纸片，颜色和大小都一样，是便利贴。我猜地上的是从他兜里掉出去的。

“你掉了一张纸。”我对他说，试图以某种方式打破包围着他的恐惧。他把头低下一点，看起来局促不安。

“嗯。”

他没再说话。

“小吉尔莫……”我把书放到他的膝盖上，他停止抖腿了，好像我的碰触给他减压了一样，但他还是没说话。双手放在便利贴上，直到最后，终于开口了。

“是这样的……昨天发生了一件事。”他的声音里透着胆怯。

啊，怪不得这样呢。我心想。

“哦？是吗？”我用尽量随意的语气问。他没回答。

“好吧。”我慢慢站起身，坐到他身前的写字台上，双脚交叉着。“这件事是怎么发生的呢？是件……要紧事吗？”

沉默。

“你想对我讲讲吗？还是更想玩会儿乐高呢？”

他没有立刻回答。最终回答时，抬头看向钟表。

“这事情有点……有点长。”

我也看了眼钟，此刻是十八点二十三分。

“这你不用担心。”我安抚他，“我们时间充裕。”

他看着自己的双手，叹了口气。

“好吧。”他说。他又看了眼钟，随后向门那边偷偷瞥了一眼。

“要是爸爸来了呢？”

“放轻松。要是他来时我们还没讲完，他会在门口等着的。”

“好吧。”

我们再次陷入沉默。窗外的风向标再次发出尖利的声响。

小吉尔莫眨了眨眼。

我又等了一小会儿，接着直起身，绕过桌子坐回自己的位子上。当我觉得他要开口向我讲述时，只见他弯下身捡起脚边的便利贴，慢慢把它们放到写字台上，然后看向我。

“我还有更多。”他说。

我笑了。他拿出皮夹打开来，取出一小叠纸片放到之前那两张边上，然后把它们一起推到我面前。

“给我的吗？”

他点了点头，也笑了起来，看起来平静多了。

“但是我们得先给它们排好序。”

“没问题。”

然后是一阵沉默。小吉尔莫反复挠了几次头，长出一口气，终于开始数了。

小吉尔莫

现在的情况是，那西亚唱不好，无时无刻不唱错歌词，而演出的日子没几天就要到了。因此我们决定调换角色来试试。她演伯特，戏里的街道烟囱清理工，也是个在公园地上作画的创作者。我演仙女玛丽，因为伯特只需要拿着扫帚跳舞，反复唱几次“滴哩滴哩滴哩滴哩滴哩……”此外，还有一段非常简单的台词，“小时候，我常常口吃，父亲拧我的鼻子教我说话，直到我长大后的某一天听到，这句有更多字母的句子，最残暴的一句话”，就这么多。

“我穿你的演出服，你来穿我的。”我对那西亚说。

她捂着嘴笑了起来，看向挂着塑料帘子的门，摇头说不。

“我不能这样。”

“为什么？”

“因为那是男孩穿的服装，短裤什么的。”

“当然了，伯特是个男人。你不记得了？”

“记得。”

“那怎么回事？”

“因为……我哥哥不让。”

“为什么啊？”

“因为不允许。”

我又一次觉得喉咙里被什么堵住了。

“这又不是真的，你知道的，这只是在演戏。”我对她说，然后笑了起来，虽然我感觉并不是很妙。“这只是为了演出化装，这不算数的。”

那西亚看了我一小会儿，又看向了门，说：“你确定吗？”

“当然了。”

她从沙发上拿起我的演出短裤，这条短裤就是我上体育课穿的运动短裤。她直接套上这条短裤，像穿围裙那样。

“但只是试试，行吗？”她问。

“行啊。”

由于厨房里很冷，我们快速脱下衣服交换过来穿，我在沙发后面换，她在电视机前，因为我们都有点害羞。衣服交换后，那西亚穿着女士衬裤，我穿着男式内裤，突然间，门口的彩色帘子发出“沙沙”的声响，拉菲从门那里看到我们，表情十分生气，嘴巴张成大大的“O”形。

他跑到柜子那儿，打开一个盒子，取出一条花花绿绿的毯子，有点像航海家辛巴达[①]的，然后用它把那西亚裹起来，嘴里喊着我听不懂的话。那一定是巴基斯坦语，因为有时候那西亚的妈妈在校门口给她打电话时，她就这样飞快地讲话，“吧啦吧啦……”全都连在一块，就像一直唱“l”和“h”，但又不太一样。

拉菲看着我说，声音非常大，手在空中比画着：“你在干什么？赶紧把衣服穿上，穿完后赶紧离开这儿。快穿啊，等什么呢？”

我飞快地穿上裤子、毛衣和防雨外套，急得我有点想尿尿，

① 航海家辛巴达：《一千零一夜》中的人物，与几位同伴怀着相同的理想，展开征服七海的奇异旅程。

但只是一点点。随后，我把服装塞进包里，飞快地跑过商店的饼干货架来到街上。厨房里，拉菲越来越大声地喊着巴基斯坦语，那西亚也是，但她好像在哭。那西亚的妈妈看到我经过，站起身对我说了些什么，但我不知道她到底说了些什么，因为我拼尽全力想跑回家。我跑上楼梯，因为电梯从周一起就坏了，贴着红色标志。爸爸还在体育馆，因为今天是周二，每周二，他都要练跆拳道。我来到我的房间，穿上睡衣，放上仙女玛丽的DVD，演的是他们四个在伦敦的屋顶游走，和清扫烟囱的工人们一块儿又唱又跳。这是我最喜欢的一个场景。嗯，就是这样的。

好吧，不是。

事情远没有这么简单。

昨天就有些不一样了。

一定发生了什么事，可我不知道。

昨天的事是这样的，那西亚上午没来上课。我不敢向老师问原因。我害怕拉菲或者她父母一生气，把相册里留胡子的胖先生从巴基斯坦叫过来，然后把那西亚带走，而这全是因为我的错。

但转念一想，也许她因为穿着短裤而受凉感冒了也说不定。

我整天都没说话，只是等待着。课间休息到了，午饭时间到了，但什么都没发生。下午那西亚依旧没来。放学回家，我没有经过商店，因为害怕遇见拉菲。

所以今天，当我看到那西亚来上课了，像往常一样坐在我旁边，一时间竟不知道说什么好，因为我有点不好意思。最后和她说了声“嗨”。

她看着我，摇了摇头，轻声说“不”，还把头巾放下来一些，遮住脸颊。

“不？”我问她。与此同时，开始上课了，索尼娅老师把昨天最后的数学题擦掉，开始写西班牙语测试的问题。见她没说什么，我压低了声音，又问一遍：“不什么呀？”

那西亚在一旁飞快地看了我一眼，打开了书桌抽屉。她从便签本上撕了张便利贴，贴在一旁，在上面写了些东西，然后把它递给了我。

“我父母不让我和你说话。课间我们洗手间碰头。”

就这样，这个上午过得异常缓慢，我们之间再也没有说过话，什么也没有。上午，刚开始是听写和考试，之后是绘画课，必须在网格里画画，简直太讨人厌了，因为我在这方面从没有过灵感。然后铃响了，那西亚第一个站起来冲向走廊，一到门那儿，她回过头看向我，就看了一眼，像“007”系列电影里间谍接头时那样。之后我也出去了，虽然在那之前，我又假装等了一会儿。

“他们不让我和你讲话。”我走进走廊尽头的洗手间时，她对我说。

我们把自己关在一间厕所内，味道非常不好，因为每周四三楼和四楼的学生比我们先下课，他们会到院子里来，有时直接在一楼上厕所。“我哥哥和我爸爸非常生气，再也不想让我回学校上课了，但我妈妈说我得读书，不能缺课，否则社工阿梅利亚小姐就会过来，那我们就有麻烦了。我妈妈说起阿梅利亚小姐时，拉菲满面通红，说‘别别别，还是别了’，还说至少到放假之前，我都不能和你说话，之后看情况再定，因为圣诞节我们有可能要回巴基斯坦看表兄妹。他们还要请老师给我换座位，调到一个女孩子旁边。《古兰经》[1]上这么说。

① 《古兰经》：伊斯兰教的经典。

《古兰经》上讲了很多东西，太多了，以至于好多我都记不住，因为它非常厚，像字典那样厚，不，比字典还厚，而且非常难记。”

那西亚说话的时候，我慢慢打开爸爸今早给我准备的三明治，是用昨天的面包简单做成的。他和妈妈在电脑前聊天聊到很晚，所以早上从来都无法早起，因为太困了。

虽然我现在也并不饿。

“但……但……如果你不能和我讲话……我们怎么排练呢？”我问那西亚。

她往嘴里塞了一块小馅饼，那是她妈妈用肉和一些辣的东西做的。她看向地面，好像她掉了什么东西似的，然后说：“他们也不让我在演出上表演节目了。”

我感到眼睛有些刺痛，刚开始只有一点点，之后那感觉越来越强烈。还感到一阵奇怪的寒意从后背上升到头部，嗓子里像是打了个结。我有很多话想说，但不知从何说起，脑袋里一片混乱，像碎成了一百块或是更多，就像茜茜公主[①]住的巴伐利亚城堡拼图那样，那么多那么多片。又像自从妈妈走

① 茜茜公主：巴伐利亚的伊丽莎白女公爵，是奥地利帝国皇帝弗兰茨·约瑟夫一世的妻子，奥地利皇后和匈牙利王后。根据其生平改编的电影《茜茜公主》非常受欢迎。

后，爸爸开始在客厅桌子那儿干活一样，永远不会结束。好吧，只是相像而已。

“那……没有演出了？”那西亚没看我。“我们永远不能和对方说话了？还有……你不会来我家了？我们不能一块儿玩了？那你和谁一块儿吃点心啊？”

她慢慢摇摇头，表示这些都不会有了，像是在思考，但眼睛是闭着的。然后说：“没有了，不会有演出了，也没有午后点心了。”

就在这时，我们听到罗松兄弟和哈维·阿奎拉在园子里互相谩骂，有人喊“打啊，打啊，打啊”。之后立刻传来埃斯特班先生的声音。他是四年级的数学老师，长着一对又粗又黑的眉毛，占了整个前额，而那里本来是装着很多思想的。他说：“够了，孩子们。我说够了。你，到主任办公室去。你们俩跟我来，小恶魔们。”

之后我们就什么也听不到了。

那西亚看着我笑了，没用头巾捂住嘴巴。

“但你是我的好朋友……”我对她说。

“是啊。”

这时我想起一件事。

“也许惩罚到假期就结束了，等你从巴基斯坦回来，他们就忘了这些，就原谅你了。”

她什么也没说。

“或许他们不会给你换座位，我们可以通过写纸条来进行交流，这样没人会注意到。我们还可以在课间来这里，不会有人发现我们。”

那西亚用有点奇怪的目光看着我，抓起了我的一只手，很小声地说：“小吉尔莫，演出节目得你自己上了。”

“我一个人？”

“是的。”

“可是……”

“你必须一点不出错地唱很多遍仙女玛丽的魔法咒语，这样咒语才能在圣诞节之前起作用，让一切都好起来。否则的话……”她不说话了，深呼吸，一次、两次、三次。“求你了，求你了，求你了。你一定要做到……”然后她不再说什么了，因为第一声上课铃响了，但她没有放开我的手，这只曾经就像现在这样一直摇晃着我的手。我感到她的声音抖得厉害，这让我很难为情，不知道是否该拥抱她，像夜里我害怕时妈妈拥抱我那样。还是该看向窗外，就像爸爸那样——每周日午饭过后的下午，我和爸爸一起看电影，当某件令人悲伤的事袭来，他做出吞咽的动作，一次、两次、三次，有一小会儿会看向其他地方，而我继续看电视，因为我知道他不喜欢这时候我盯着他看。

那西亚抓起我的另一只手，飞快地说道："向我保证，小吉尔莫。求你了，求你了，求你了。你一定要做到，你能向我保证吗？"

玛利亚

写字台上方钟表的嘀嗒声在寂静的办公室里回响，小吉尔莫耸着肩膀，目光在四面的墙壁上游荡。门的另一侧，他爸爸坐在接待室的椅子上微微叹着气，他的什么东西——可能是圆珠笔——掉在了地上。他小声咒骂着。小吉尔莫的目光中夹杂着不安和疑惑。

钟表的指针指向了十八点五十七分。

“放轻松，”我对他说，“还有时间。”

他还是没有说话。

从小吉尔莫讲与那西亚之间发生的事的那刻起，他的双手就摆弄着那张从地上捡起来的便利贴，把它们展开、弄平，再重新折上。除了这个，还有之前保存在皮夹里的那些，现在都在他面前完美地叠成了一摞。

在笼罩着我们的沉默中，小吉尔莫用手盖住了这些便利贴，将它们从桌上推向我。这是一个害羞的动作，也是伙伴间分享的姿态。

“给我的吗？”我问他，但没有碰它们。

他点点头，笑了，但那不是个开心的笑。看见便利贴上那扭曲凌乱的字迹，我明白了，至少纸上的字不是他写的。

“这是今天你和那西亚从卫生间回来后写的吗？”

“是的。”他说，把头偏向一侧，挠了挠膝盖。“好吧，不是。”

“哦。”

“我没有写，都是那西亚写的。”

我又看了看这一大堆纸。

“为什么都是那西亚写的呢？你不用写？”

他重重地喘了口气，好像这个问题太过显而易见，让他很是懊恼。

“那是因为受惩罚不能说话的人是她。”他说着又微笑起来，这次笑得更轻松了，“我是可以讲话的。”

这个回答的逻辑让我忍俊不禁，不得不用假装咳嗽，强忍住别大声笑出来。

“嗯嗯，是的，没错。”

他又看向钟表。

“你想让我替你保管它们吗？”我问他，但仍旧没有碰那些纸片。

他若有所思，大概几秒后，回答我说：“是的。”他又朝门的方向望去，身体向我倾斜，压低声音说：“要是在家让爸爸发现，我有可能会再次把它们搞丢……”他挥了挥手，眼睛又睁大了一些。

我笑了。

“你认为他会生气吗？”

他点了好几次头。

“会的吧，一点点？或者更多。”

“为什么？”

他咬了咬下嘴唇，挠了挠鼻子。

“这就是个秘密了。”

“哦。”

“嗯。”

“好吧，那如果这是个秘密的话，我们不会告诉任何人，对吧？”

“对啊。”

他看着我，好像希望我向他询问这个秘密，但我决定不这样做。我更希望是他自己来决定是否告诉我。在门的另一边，小吉尔莫的父亲清了清嗓子，在椅子上移动着身体。小吉尔莫咽了口口水，手划过桌面，小声说道：“是这样……我要继续演圣诞演出的节目。”

“啊，太好了。”我看了眼表，十九点零四了。“你会找一个人代替那西亚吗？”

他摇了摇头。

“所以只有伯特一个人唱吗？”

小吉尔莫低下目光，再次抚摸着写字台桌面。

“不是。”他慢慢地，非常慢地，用目光环视办公室的墙壁，像是在寻找什么，直到最后，他的目光与我的相遇了。他几乎窃窃私语道：“我会演仙女玛丽。”他笑了笑，但笑容很快消失了。“没有伯特，也没有其他任何角色。我就稍微唱一下跳一下，因为穿着那演出服太讨厌了，做不了更多动作的。也只能那样了。”

我什么也没说，等待着。

“所以，您不会告诉爸爸的，对吧？”他问，然后偷偷瞄向门口。

“我向你保证。”

“因为要是我不唱魔力之歌，那西亚就得在圣诞节离开，爸爸也没办法再变好了……”

门的另一边，马努埃尔·安图内斯又清了下嗓子。这次他清嗓子的声音中还伴着一种口哨声，我有时会听见手机里发出这样的声响。是信息。

小吉尔莫眨了眨眼。

“我或许该走了。”他说。

“你想走吗？”

他耸耸肩，眼神落在他带来咨询室的那堆纸片上，忽然间，我记起他列的清单和那个宝箱，记起那个被我们中断了的话题。

棕色的皮质相册，我想。我在脑海里倒带播放，想努力回忆起我的最后一问和他的最后一答究竟是在哪一个确切的时刻结束的。

“你离开前还有最后一件事。”我对他说，见他正准备蹲下去拿书包，然后起身离开。他看了我一眼，又偷偷向那些纸瞟了一眼。然后，他像一只被汽车前大灯照得头昏眼花的猫一样静静地站着。

“棕色的皮质相册里到底有什么，小吉尔莫？”

IV

一束白色鲜花，潮湿的被单
和棕色皮质相册里的居住者

小吉尔莫

有的周日，我和爸爸会一块儿去电影院，但只在下午去，因为电影院上午不营业。以前妈妈还在家时，我很少和她一块儿去，因为她更喜欢带我玩游戏，或者在电脑上看电影。我从微波炉里拿出爆米花，然后涂上黄油。我们坐在沙发上，上面铺着带魔法图画的毯子，毯子的标签上写着“土耳其制造”。那是妈妈从一个叫伊斯坦布尔的地方带回来的，不是巴基斯坦，虽然爸爸说那边的所有男人都留胡子，女人们都和那西亚的妈妈很像，因为她们的脸只露出很小一部分。

妈妈最喜欢的电影是里面有人不停唱歌的那种，尤其喜欢金发女人唱歌。她喜欢很多电影，但最喜欢的是《音乐之声》[①]，因为在那部电影里，仙女玛丽穿成修女的样子出现在镜头前，而且也叫玛利亚，虽然特拉普上校家的孩子们并不知道。当然了，那是因为他们来自奥地利，这样更好，不至于被那些德国人开着灰色汽车追赶。她还喜欢一部很有趣的电影，名字叫《穆丽尔的婚礼》，主角是一个住在澳大利亚的满脸雀斑的胖姑娘，她的朋友们都不太友好，因为她们很漂亮，但她却不是。妈妈会唱里面所有的歌曲。

有的周日爸爸不在家，去体育馆或者踢足球去了，我们俩就把鞋脱掉，站到沙发上，像穆丽尔和她朋友那样戴着假发，穿着银色西装，背靠着背，跟着《妈妈咪呀》又唱又跳。除此之外，还有一些妈妈非常喜欢的电影，她称那些电影为“经典”，但我觉得它们很无聊。由于年代久远，都是黑白的。有一部电影我还挺喜欢，妈妈也非常喜欢，但爸爸不喜欢，

---

① 《音乐之声》：著名歌舞电影，讲述修女玛利亚用音乐给特拉普上校一家带来活力与改变的故事。该片女主角修女玛利亚与《欢乐满人间》里的仙女玛丽均由朱莉·安德鲁斯扮演。

它叫《跳出我天地》[1]。

妈妈说比利有点像我。好吧，其实是非常像，因为比利的妈妈也是英国人，虽然我不怎么会跳舞，可能也永远不会去学。去年我过生日时，向爸爸妈妈提出想去广场另一边的芭蕾舞学院学跳舞，就像电影里的比利那样，只不过我们这儿在西班牙。妈妈听了非常高兴，激动地鼓掌，一次、两次、三次。可爸爸却说："嗯……再看看吧。"

其实这意思就是在说"不"。我知道，因为当妈妈想要留下阿尔勒太太的狗自己养时，他也这么说过。阿尔勒太太因为太老了，不能继续照顾狗狗，最后，她的侄女把它带到了城里。

但自从妈妈不在这里，我们再也不坐在铺着毯子的沙发上看电影了。现在我们去一家名为穆提萨拉的电影院，爸爸在一个酒吧里买爆米花，虽然我不怎么喜欢这电影，因为我没看。此外，在电影中，他们从不唱歌，我觉得爸爸一定感到无聊，因为他总是看手机，发信息。

其他周日，恩里克叔叔和杰米叔叔开着面包车来接我们，然后一起去大学。是的，其实他们不是我真正的叔叔，但也

---

① 《跳出我天地》：英国电影，讲述了十一岁的矿工之子比利·艾略特冲破重重阻力勇敢追求芭蕾梦的故事。

差不多吧。爸爸和叔叔们在一个几乎从未赢过的橄榄球队里打球。有时候比赛结束后，如果他们打起来了，爸爸和我就乘地铁回家，去车站的途中，我们会停下来在埃米利奥先生的比萨店里买一张比萨。埃米利奥先生似乎永远在冒汗，头上戴着一顶白色高帽子，是阿根廷人，虽然不是来自布宜诺斯艾利斯。

“不，我不是布宜诺斯艾利斯人。我来自罗萨里奥，和梅西一样。”他总是边说边轻轻拍着胸脯，指着挂在柜台上的照片。照片里他抱着一个头发很短、脸色很白、又矮小又丑陋，但咧着嘴笑的男人。有一天妈妈告诉我，埃米利奥先生总是心境阴郁，因为他的妻子和女儿一起去度假了，然后再也没回来过。是妈妈记错了吗，还是我自己记不清了？因为和我在一起时，他总是非常友善。自从妈妈不在这边了，他每次看到爸爸，都会和他热烈地握手并且说：“老兄，最近过得怎么样啊？见到你真高兴啊。”

昨天的事情经过是这样的，我们一行人到达大学后，我坐在看台上准备看比赛。比赛总是时间很长。之后我旁边来了位带着小姑娘的太太。起初她们没说什么，我也没有。因为她们是黑人，我甚至不知道她们讲不讲西班牙语。但那位太太很快就开口对我说：“你是小吉尔莫，马努埃尔的儿子，对吧？”

我说是的，她用嘴做了个像是有点牙疼的表情，然后抚摸着那个女孩的头。女孩满头的发辫上全是五颜六色的东西，像糖果一般。我看向球场，看看是否能看到这位女士的丈夫、女孩的父亲，但很奇怪，因为我一个黑人也没看见。那位女士说：“小可怜，现在我能看出来了。”

我不知道她在说什么，她也没给我提问或思考的机会，就继续说：“你过得怎么样呢？”

“很好，谢谢。”

那女士又一次撇了撇嘴，摇头表示反对。但她不能继续说下去了，因为那小姑娘走过来说：“你好，我叫丽莎。”

“你好。”

“你想跟我一块儿去采鲜花吗？那边球场后面有很多，估计能有整整两束呢。”

我差点儿就跟她说“好啊”，但马上记起爸爸说我必须坐在看台上学习打橄榄球，因为这样也许我很快就能加入这支队伍中。事实上，我有点害怕球，它看起来像一个瓜，反弹也很奇怪，你永远不知道它会朝哪里跑去。他们互相推搡、互相伤害的运动方式同样令我感到害怕，但我还没有把这些心里话对爸爸讲，以免他生气。

丽莎站在我身旁，等我的反应，我不知道该怎么办。我看着球场，突然意识到，如果我们不过分嬉闹的话，爸爸就不会注意到。于是她把手伸向我，我们跑到另一边的花园，就在环绕着游泳池和篮球场的围栏附近。

“我妈妈为什么管你叫‘小可怜’呢？”我们走进花园时，丽莎问道。

“我不知道。”

“你爸爸也打橄榄球吗？”她问。

“是啊。”

“那你妈妈为什么不来看他打球呢，像我妈妈那样？”

“因为她不在。”

“哦。”

“她什么时候会来呢？”

“我不知道。”

草很高，里面有一些袋子和纸片，但也有许多小花，白的、黄的和紫的。丽莎立刻弯下腰，开始摘花，但突然间她又起身了。

“那谁给你们做晚饭呢？”她问。

“我们自己啊。”

“哦。”

我们在那儿采了一会儿花，丽莎用一些生长在篱笆旁的小树枝帮我缠成了一束。她边做花束边唱着些我听不懂的歌，因为那听起来像是法语。然后我们两人各自带着属于自己的花束回到了看台。当我们到达时，天色已经有点暗了，球场上已经没人打球了。丽莎的妈妈站在一个金发男子旁边，我也看到了爸爸和叔叔们，还有那些与他们一起打球的先生们。每个人的头发都湿漉漉的，肩上挂着双肩包。

我们走到他们跟前，丽莎把她手中的那束花送给了她妈妈，妈妈吻了她一下。我朝我爸爸走去。他正背对着我，和叔叔们边聊天边哈哈大笑。

“送给你。”我对他说，把花束递给他。

他转过身来，但没说话。两个叔叔和其他先生们也没说话，只是看着我。

“看起来像雏菊，但比雏菊小一些。”我对他说。这么说是因为天色有些暗了，我也看不太清它们的样子，“像不像仙女玛丽帽子上别的那种？”

爸爸依旧没说话，但脸有些红了，脚尖快速地点着地，嗓子里一遍又一遍地发出“呵——”的声音。

这时，丽莎妈妈边上的金发男子靠过来，弯下腰，说：“这花非常漂亮，小吉尔莫。”

“我妈妈喜欢红色的，但没有。”

这位先生笑了，眼睛看着地面，用手掌轻轻拍了下我的脸颊。

“哦。也许你可以把这束花送给我。我非常喜欢白色的。”

“是吗？”

“是啊。”

“那好吧。”

我把花束递给他，他摸了摸我的头发，又凑过去闻花香。然后对我说：“你是怎么知道那么多关于仙女玛丽的故事呢？”

“那是因为我长大后要成为仙女玛丽，就像成为东方三王一样，但比那还要棒，甚至不需要翅膀就可以飞呢。是这样吧，爸爸？”

爸爸的嗓子再次发出“呵——”的声音，在那位先生站起身之前，他把手放在我的肩膀上，没有喊叫，也没有其他激烈的行为，只是用每次生气时才会有的语气说道：“别再做摘花这类愚蠢的事了。我们走吧，天色不早了。我们最好坐地铁，这样还能在上车前吃点比萨。快走吧。”

我们到地铁站时，我看到一个黑人老爷爷在吹一个很大的号，这让我想起今天站在丽莎妈妈旁边的那个先生是金发。

“丽莎的爸爸是看台上和她妈妈站在一块儿的那个金发先生吗？”当爸爸把卡放进灰色机器的插槽中时，我问。

爸爸没应声，推着我让我先过去，然后又重新把卡插进机器里。

“好奇怪啊，她是黑人……”

爸爸什么也没回答。我们开始飞快地下楼梯，因为下面传来了“啵儿——”的声音，这说明列车快要进站了。

“多奇怪啊，不是吗？”

我们下到了底下，很快到达站台，这时，爸爸突然停了下来，但我还没停下脚步继续在向前走，他用力地拽住我的手臂，蹲下来说：“我们过完圣诞节假期回来后，我会让你去打橄榄球。就这样。”他低声说，好像嘴里有什么东西让他隐隐作痛一样。然后他不说话了，变得非常平静。他刚刚用力地拉我，有点弄疼我的手臂了。过一会儿，他长长叹出一口气，将前额贴到我的前额上，说：“为什么这一切不能更简单些呢，儿子？为什么、为什么、为什么……”

他立刻紧紧地拥抱我，以更低的声音在我耳边说了些什么，但我没听清，因为他说得太快了。这时地铁进站了，带来很大一阵风。一位戴着灰色蝴蝶结的老太太向她丈夫说了些什么。那位老先生刚才一直奇怪地看着我们，听了妻子的话后，就把目光移开了。列车停稳了，爸爸依旧紧紧地抱着我，肩上背着双肩包，防雨厚外套刮着我的脸。家里只剩我们俩以来，这一幕已经上演好几次了。

我想就是这样了。

玛利亚

没多久就要到圣诞节了。这几天非常寒冷，前天夜里甚至还下起了雪，所以早上很多家长没带孩子来上学，而这一举动势必像往常一样引起混乱。孩子们已经嗅到了假期的气息，让他们学习就变得越来越困难，尤其是最小的那些，不得不用新的挑战、游戏和活动去刺激他们。12 月的进程让冬季的学校生活日益沉重。

上周四过节，学校没有心理咨询课，因此吃过午饭后，我决定工作一会儿。我连续好几天都没睡好。半睡半醒间，脑海中竟反复闪现我和小吉尔莫最近一次会面的场景，好像我忽略掉了什么重要的东西，又好像在我们交谈间的某一刻，我从第一次见面起就试图拼凑起来的拼图在我无意识的情况下掉到地上。

我感觉到有一股冷空气不知从什么角落袭来，一直往我脑门钻。我有一种预感，有些东西确实一直都不对劲。

我舒服地蜷在沙发里，为自己准备了一杯水果茶，放上一张古典音乐 CD，闭一会儿眼睛。此时此刻，我让自己随着轻柔的钢琴声摇曳，闭着的双眼前是一片黑暗，而这黑暗中却上演着与小吉尔莫最近一次会面的每一幕。

“再认真想想，玛利亚。”在寂静中，我对自己说，一边慢慢地按摩着太阳穴。舒缓的音乐使我的大脑从嘈杂中放空出来。几分钟后，房间里只剩下雨水敲打玻璃的声音和钢琴的声音。我深呼吸了几次，试图放松下来，好让我的思绪成为空白。

就在那一刻，在雨声和音乐声中，小吉尔莫的一句话像被弹簧推动着一样跳到了光亮之中。我又一次看到了当他讲到那西亚要他躲到卫生间去时，脸上那痛苦的表情，又一次听见小吉尔莫的声音，他复述那西亚说出的那些话。

“你必须一点不出错地唱很多遍仙女玛丽的魔法咒语，这样咒语才能在圣诞节之前起作用，让一切都好起来。否则的话……”

“否则的话……”

我睁开眼睛。

就是这句，这是一句隐蔽的威胁。

是什么让那西亚如此害怕？严重到说出这些话，就为了让小吉尔莫能自己一人上台演仙女玛丽？这也许会是小吉尔莫的一种夸张表述吗？一种……表演？

我差点儿就要打电话给索尼娅了，但马上想起来她和男友到罗马度假去了，我要是现在打扰她，就很不负责任了。过了好一会儿，我一直坐在沙发上，头靠着沙发背，继续听音乐。

突然间，我想起来了。

当然了，是那些便利贴。

我站起身，走到餐厅桌子前，从我的皮夹里拿出保存着小吉尔莫一切信息和事件进展的文件夹。我在桌前坐下，把文件夹翻到最后，那里有一个棕色的信封，装着小吉尔莫交给我保管的那些便利贴。

他是怎么说来着？啊，是的，他说这些“都是那西亚写的”“我是可以讲话的”“因为受惩罚不能说话的人是她”。

一共有七张。我把它们从信封中拿出来，在桌子上摆成一排。但没有按照排好的顺序来，而是让直觉引导我，好像在分发纸牌游戏那样。

我盯着这些黄色纸片看了一小会儿，然后慢慢地高声读出前六张上面写着的字：

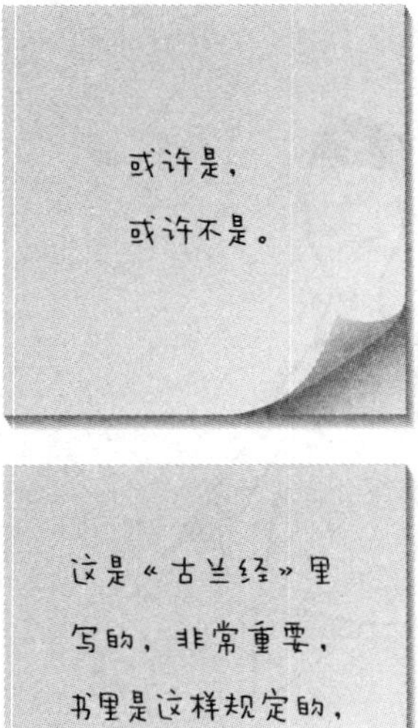

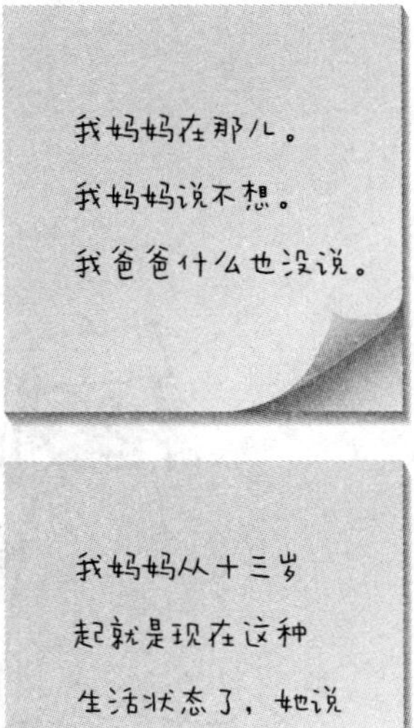

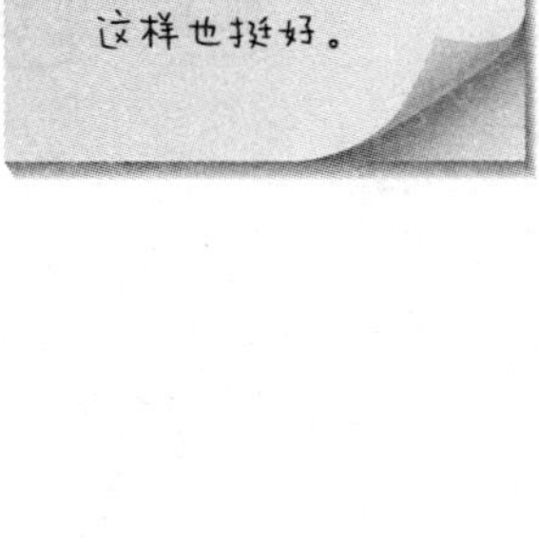

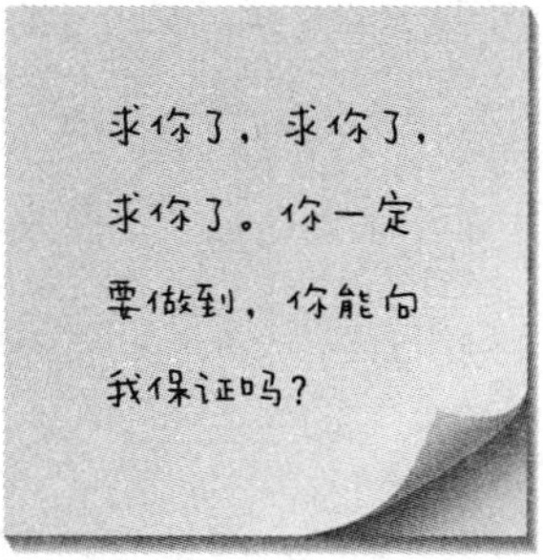
求你了，求你了，
求你了。你一定
要做到，你能向
我保证吗？

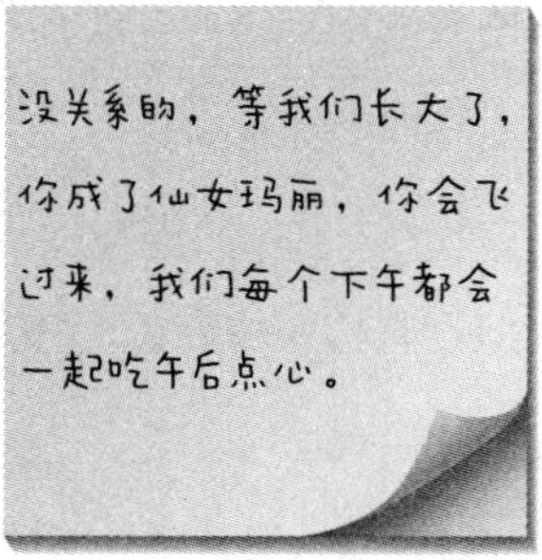
没关系的，等我们长大了，
你成了仙女玛丽，你会飞
过来，我们每个下午都会
一起吃午后点心。

第七张上面是张画：

我立刻意识到，虽然便利贴上的字是那西亚写的，但第七张上面的画是出自小吉尔莫之手。那线条说明一切。我决定把注意力集中到这幅画上。很明显，这个女孩是那西亚。但这个男人呢？是谁？她父亲？或者是小吉尔莫本人，装扮成这样子，像是个成熟的保护者？而横在图画上的红色大“×”呢？这是意味着危险？又或者说是抗议？

“我必须和索尼娅谈谈。”我听到自己大声说话的声音，同时仔细地重新整理了那西亚写的话，试图通过这些句子找到这两个孩子那段谈话的主线。

突然间，从记忆的某个角落，我想起了与小吉尔莫最近一次会谈中，我提的最后一个问题，那个他没有回答的问题：“棕色的皮质相册里到底有什么，小吉尔莫？”

于是我后悔起来，本应该让他画相册里的内容，本应该坚持让他再多讲讲这个相册的。我坐回沙发上，又一次闭上双眼，感觉到太阳穴处有些许疼痛，这预示着头痛离我不远了。一阵沮丧将我包围。突然间，我感觉事实上我没有任何真实可依的东西，没有任何线索，没有明确的数据能握在手中。好像在与小吉尔莫约谈了几周之后，我依然在原地踏步。我好像正在寻找一些不存在的东西，我想。

“你什么也没有，玛利亚，什么都没有。”我站在一片寂静的客厅里喃喃自语。窗外正下着倾盆大雨，楼下的街道上，一对夫妇身穿雨衣大笑着奔跑。这欢笑和幸福莫名让我再次想起小吉尔莫的面孔，还有他的笑容。

“玛利亚老师，在一切都太晚了以前，念出魔法咒语。”他说。

“对什么来说太晚了，小吉尔莫？”我又一次喃喃自语，用手按摩着太阳穴，“对谁来说呢？”

我深呼吸了几次，让脖子和肩膀放松下来。

这里有一个想成为仙女玛丽的小男孩，我这样想着，试图再次理顺思绪。他认为一场圣诞演出可以改变一切。这里还有一个因为工作原因而缺席的母亲，她生活在男孩父亲书房柜子顶上的宝箱之中，与男孩的联系仅仅是一周写一封信给他而已。奇怪的是，虽然他妈妈那么爱他，却从来找不到一次和他通电话的机会。这里有一个每天夜里对着电脑屏幕哭泣的父亲，屏幕上更像是他自己的身影，而不是他妻子的。他坚持要“改正”儿子过度敏感的特质（在小吉尔莫的画中，爸爸永远背对着他，从来不正面看着他）。我手上还有七张便利贴和一个任何人都不该看的棕色皮质相册。虽然里面保存了很多这位母亲的东西，但这些东西应该只是一些寻常物件。

我再次长长叹出一口气，注视着自己在窗子上的倒影。我突然想到，也许这一切从一开始就是个错误，我责备自己之前没有停下来重整思绪。我感觉自己犯了个不可原谅的错误，这错不在本质上，而在方法上。有可能正确的做法是把重心放到谈话疗法上，忘记那些图画。毕竟从我以往的经验来看，儿童的绘画过多地混合了交流的画面，这使人很难知道什么是真实的，什么是想象的，哪部分是孩子表演出来的。

“如果这一切都是谎言呢？”黑暗中，我对着玻璃上自己的影像自言自语，“可能这一切都只存在于小吉尔莫的想象里。可能我唯一能确定的是一个父亲不肯接受儿子真正的一面，而儿子为了在这种拒绝中存活下来，只好躲在自己的幻想世界里避难。也许一切都比你之前想的要简单，玛利亚。”

我站起身，来到桌前，目光又一次落到那堆黄色便利贴上。

太多的“猜测”，但显然，时间又很紧迫。我想着。

我取下这些便利贴，把它们重新放回信封里，再把信封放进小吉尔莫的文件夹里。准备晚餐时，我决定最好的办法也许就是等到下一次面谈时改变治疗方向。

我们需要答案，小吉尔莫。我这样想着，打了个鸡蛋给自己做了个土豆饼。

此时此刻，我没有想到这些答案——“真相”就要浮出水面了。

这答案将会给我重重一击，让我措手不及。

小吉尔莫

亲爱的妈妈：

圣诞节很快就要到了，几天之后就是学校的演出了。我觉得您不会来看我了，不过也许可以。因为爸爸和杰米叔叔、胡安叔叔在一起吃开胃小菜时经常这么说：“现在这个世界能看到一切，想做点什么事而不被看见根本不可能。我们的一切都暴露在光天化日之下，你说是不是这样啊，老兄？”然后他眼睛上那又粗又黑的眉毛就会拧成一团，跟戴了一副眼罩似的。

最后的结果是，那西亚不能在演出上唱歌了，因为她父母在惩罚她。我得自己一个人上台演仙女玛丽，而不演烟囱清理工伯特了，因为我显然不能两个都演。我得把仙女玛丽的魔法咒语唱到四遍以上。如果不唱四遍以上，魔法咒语就不会起作用。好吧，我会演仙女玛丽的，但是我还没有和爸爸讲。不不不，还是不告诉他了，就让这成为一个魔力般的惊喜吧。到时候所有的家长都会在剧院，所以他应该不会太过分地骂我。虽然前几天早上他带我去学校时，我们在门口遇上了卡洛斯·乌约拉的母亲，他们谈了一些关于大人的事情，直到她说："多好啊，距离圣诞演出已经没有几天了呢。时间过得多快啊，是吧？"

爸爸没回应，只是把我肩上的书包摆正了一下。卡洛斯的妈妈把头扭向一边，问："你会和你妻子一起来看你家孩子表演吗？"

爸爸抓紧了我的手，努了努嘴，就像叼着一支烟那样，说："不，她不能来。我应该也不行。这些东西对我来说……我也说不好……"

卡洛斯的妈妈说了声"哦"，嘴巴张成了个"O"形。这时铃响了，谈话就到这儿了。

但事情还没结束。

下午的时候，爸爸不在家，他去体育馆了。我到家后就打开DVD，在厨房排练。在这之前，我穿上了裙子和大号的鞋，戴上了那西亚给我的花帽子。电视上的音乐一直响着，我没听见爸爸回来了，他忘了件东西，所以回来取。好吧，我听见了，但已经有点晚了。我赶紧收拾，但仅仅来得及摘下帽子，脱下鞋子，裙子来不及脱了。爸爸走进厨房时一眼看见我，嘴巴张成大大的“O”形，和卡洛斯妈妈的差不多。他脸红了起来，把裙子从我身上扒下来。动作很大，我几乎摔到了地上，但没有伤得很严重，只伤到了手和脚。然后他抓住我的肩膀，脸涨得通红。

“你永远别再给我穿女人的衣服。听到了吗？你听清我的话了吗，小吉尔莫？”他说，几乎是吼出来，呼吸很奇怪。“再让我看见你穿成这样，我可不能保证我会做出什么事来。现在给我滚回你自己的房间去，不许吃晚饭了。”他摔门而去，但又立刻冲进来抓住我的胳膊，就像怕我逃跑似的。他蹲下来，似乎跟我一般高，说：“下次再让我听见你在大人面前说长大后要成为仙女玛丽，我发誓……我……”他一时又说不出话了。

他把我带回我的房间，之后把自己关在厕所里，好像哭了很久，因为他出来时，天色已经很暗了，还放上了扁脸秃头先生的电台音乐。这让我感到很难过。您要是在这儿的话，爸爸一定不会这么哭了，妈妈，因为那样，他就不会这么想念您，之前也不会，不是吗？

我现在得熄灯了。明天我会把信放进我们在伦敦时您送我的红盒子里保存起来。因为如果像之前那样把它给爸爸，让他寄给您，他或许会打开偷偷看。下午我得到花园的房子去见玛利亚老师。我会给她带去一幅画，但直到今天上午还没完成呢，因为我给忘了。我觉得她会非常喜欢，因为不是一样……是两样东西。我下周再和您讲吧，好吗？

好啦。

我非常想念您，非常非常……无穷无尽。

我非常爱您，和之前一样爱，或者更多。

小吉尔莫

背面：

我已经列好了圣诞礼物清单咯。我把它放到了永久的黑色战利品中。如果不能得到全部，你觉得仙女玛丽会知道姆明[1]的图书学校和山上的帕克[2]是我的首选吗？或者就像一些故事中一样，她眼下可能只能带给我两个姆明，但帕克的那个是可以的，对吧？好吧，只有她忘记了才会这样。

---

① 姆明：卡通人物，长得像河马，但不是河马，也不是动物，而是精灵。
② 帕克：游戏中的一只稀有精灵。

玛利亚

“人类的思想就像生活一样，像是一座迷宫，让人迷失在其中，但有时又会带来一些从未想象过的东西。”这句话，这些精准的词汇，就是昨天会谈结束后，我看着小吉尔莫和他爸爸沿着喷泉周围的小路走远时脑海中浮现出来的东西。这句话是比奥莱塔·伯格曼夫人的最爱之一。她是我职业生涯最后一年的老师，对我决定做一名儿童心理咨询师这件事起到了关键作用。

但这是另一个故事了。

昨天，当小吉尔莫走进咨询室，看着我时，我知道有些事发生变化了。根据以往的经验，这“某些事”在大部分治疗中总是出现得过早或过晚。有一扇门突然被打开了，原先不在那儿的一束不一样的光或者一种不一样的表达出现了。对我来说，这“某些事”依旧是一种近乎魔幻的因素，虽然我也知道不该把魔力掺进现实中来。

这里有一扇全新的窗户，好像风向标在支撑它的杆子上旋转，带来了全新的风。

小吉尔莫坐下，开始说话，口吻很严肃：“我今天不想玩乐高。”

我微笑着。“好啊。”

然后我们都没再说话，好像在等待什么。

“玛利亚老师，我能求您一件事吗？”他终于开口说。

“当然可以。”

“嗯……”他咽了口口水，眼睛望向窗外。“您会同意我课间到这儿来排练演出的节目吗？”

这请求完全出乎我所料。他大概之前也没注意到这点。

“我本以为你们课间和索尼娅老师一块儿排练呢。”

他耸了耸肩，头偏向一边去。

“是的，”他说，“但索尼娅老师生病了，而且她还不知道那西亚不能和我一起唱歌了，而且我现在得演仙女玛丽。在索尼娅老师康复以前，给我们代课的是克拉拉老师，她也许会因为这些原因而生气……还有，和大家一起排练，我有点不好意思。”

“我明白了。”

他继续耸着肩，等待着我的回答。

“那么，我可以来吗？”

“当然可以了。你看这样好不好，我去和克拉拉老师讲，让她允许你课间来这儿。我会告诉她这是为了处理一些……我们之间的事。”

他笑了，双眼放着光。随后打开书包，拿出两张纸放到桌上，然后把它们慢慢推到我面前。

我拿起它们。

“我画了两幅画，”他说，“因为上周我没来，这周就该带两张来了。”

我笑了。

“谢谢啦。”

我看着这两幅画。第一张，白色背景上画着一个橙色斑点。第二张，画的中间是两个圆圈，圆圈内部有相同的橙色斑点，上面是三个更小的圆圈。

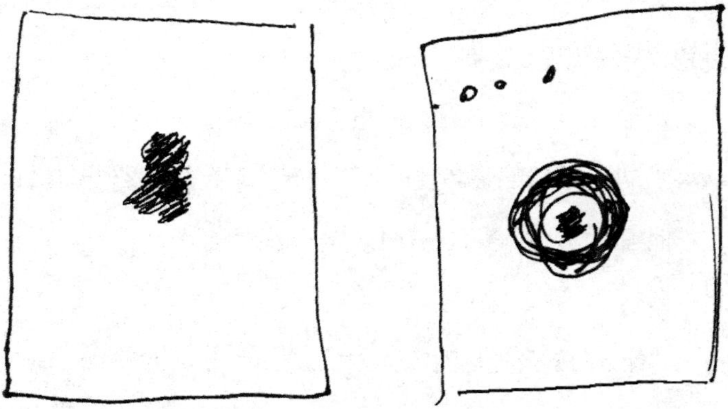

当我抬起头，发现小吉尔莫十分专注地看着我。见我没说话，他伸出手来指着第一幅画说道："这是我床上的床单，有的晚上，我就睡在这上面。"说完立刻把双手放到两腿之间，羞涩地笑笑。"有时我会尿床。"

我努力掩饰住我的惊讶。我感到非常好奇，无论是小吉尔莫的爸爸，还是索尼娅，竟然都从没和我提过这个。这再次让我怀疑，小吉尔莫带给我的画可能和真实无关，都仅仅是他自己的想象而已。我感到自己的胸口被轻击了一下，但没有时间想更多了。小吉尔莫指向第二幅画。

“这是我把床单放进洗衣机，它很早就开始工作了。爸爸一般睡得很晚，差不多到夜里十点或十二点钟。妈妈是英国人，所以家里买了烘衣机。[1] 我早早洗完床单，用烘衣机烘干，所以爸爸从来也没发现我尿床的秘密。”

我深吸一口气，而他依旧指着第二幅画。

“天啊。这事经常发生吗？”我问，尽量表现得若无其事。

他想了想，答道：“有时这样，有时不。”

当然了。我心想。

“什么时候会这样呢？”

他又想了几秒钟，说：“当我憋不住的时候。”

“很合理。”我想，尝试换一种方式询问，“或许你睡着的时候，你有感觉想尿尿了，但没时间醒过来。”

他又想了一小会儿，摇了摇头：“不是的，我总是醒着的。”

“哦。”

他垂下目光：“是这样的，有时我想尿尿，但爸爸在电脑前。想去撒尿，必须经过爸爸的书房，但我不想让他看见我。”

“为什么呢？”

---

① 由于英国气候潮湿，洗过的衣物需较长时间才能晾干。故此句说，小吉尔莫的妈妈习惯用烘衣机。

“因为要是他看见我了，就会知道我之前在看他。”

他的回答使我警惕了起来，但我没有改变谈话的音调和节奏。

“但是，小吉尔莫，”我说，“你爸爸没做任何不好的事，对吗？”

“没有。”

“那是怎么回事呢？”

他垂下目光，回答的声音很低，像是在喃喃自语：“因为很多时候，他一直在哭。”

我想象着小吉尔莫的爸爸坐在电脑前，背对着门，就像他一直画的那样。

“可你爸爸是背对着门坐的，对吧？”

他点头承认。

“所以他能看见你就很奇怪了，不是吗？”

他没讲话，眼睛看着我，看起来紧张且不自然。我等待着。钟表的嘀嗒嘀嗒声表明了等待的一分一秒，我想起之前的几次面谈，小吉尔莫画中那个坐在电脑屏幕前的男人的脸。我感觉到记忆里的某个角落在嘎吱作响。

“小吉尔莫，你爸爸在电脑上和谁聊天呢？”

沉默。

“和你妈妈吗？”

没有回应。

“是和朋友吗？”

依然没有回答。

“小吉尔莫……”

他抬起头，目光慢慢地掠过他刚刚给我的两幅画。

“我觉得，是和……没有人。”

我深吸一口气。忽然间，一切都说得通了。我明白了，如果马努埃尔·安图内斯背对着门坐，他能看到他儿子的唯一方式就是通过电脑屏幕的反射。想要达到这种效果，屏幕就必须是灭着的。

因此，马努埃尔在屏幕里看到的除了小吉尔莫，就是他自己的影子！

可这就意味着……

我突然间记起上次会谈结尾小吉尔莫没有回答的那个问题。

“小吉尔莫，上次我们见面时，你准备告诉我在那个棕色皮质相册里有什么的，还记得吗？”

他看向我，点点头。

“相册里有什么，小吉尔莫？”

他咽了好几次口水，双脚在空气中荡来荡去。

他看向天花板。

他说：“棕色皮质相册里住着我的妈妈。”

V

伦敦，失踪的人
和一张被遗忘的纸

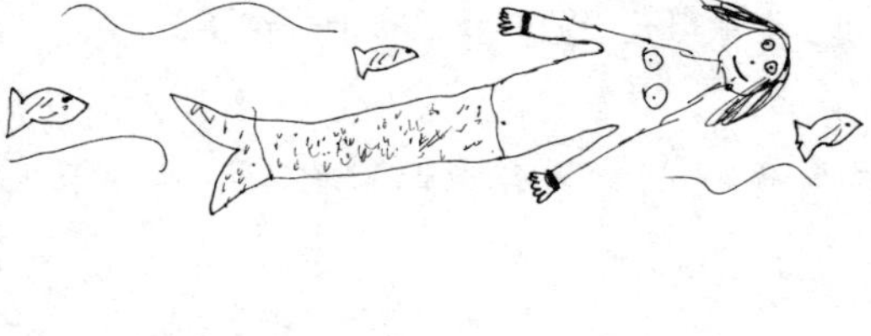

玛利亚

“棕色皮质相册里住着我的妈妈。”

几个单词像《鹅之游戏》[①]的几个小房子。我们刚刚从一座小房子坠落，那小房子是个迷宫。之前我和小吉尔莫就在那里。

桌上的钟表指针指向了十八点五十分。我只有十分钟了，

① 《鹅之游戏》：西班牙语为*juego de la oca*，是西班牙马德里 20 世纪 90 年代起热播的一档电视游戏节目。

我想，我能在十分钟内做些什么呢？就在这时，房子的入口处响起叮叮声，接着是马努埃尔·安图内斯那熟悉的清嗓声。小吉尔莫又一次晃动双腿，目光扫过那两幅画。我们听到他的父亲坐在了大厅的椅子上，哼了一声。一支圆珠笔掉落到了地上，一个男声低声咒骂了一句。没有其他的了。

“好吧。”我开始试探他，“我记得你之前告诉我，你妈妈住在迪拜。”

小吉尔莫点点头，向门的方向瞥了一眼。大厅里又传来了清嗓的声音。

“你还告诉我说她是空姐。”我补充道。

“是的。”

我笑了。

“索尼娅老师还和我讲过，”我继续说，“一开始，她只计划在那儿工作几个月。或者说，很快就回来。”

沉默。

“是在……2 月？”我继续追问。

他没说话。

“小吉尔莫……”

他抬起目光，笑了起来，但这并不是开心的笑。

“嗯……”他开口了，却又立刻停住了。柔和的灯光照得他的双眼闪闪发亮。他深吸了口气，重新开口道：“当一个人消失不见了，他会去哪儿？”他问得十分严肃。

我感到眼睛刺痛，像是有火花炸开了一样，太阳穴也一阵猛跳。

“这要看情况了。”我回答。

他没给我说话的机会，立刻又问道：“是像死了那样，还是其他什么样？”

在《鹅之游戏》的想象之板上，小吉尔莫回到了起点处，我也跟着他回去了。他将把我带向何处呢?

“有时是这样，有时不是。”我说，试图给自己点缓冲的时间。我一停下，他又说话了，这次的声音比刚才小了些。

“我妈妈在迪拜，是因为……因为她消失不见了。”他说，“棕色皮质相册里的东西，那些新闻、报纸都这么写的。但也许她就像仙女玛丽那样，消失是因为要回到天上休息一段时间，或者说，既没有死，也没在这里。所以他们才说她消失了，不是吗？”

我咽了咽口水，试图保持住脸上的微笑，而头部的疼痛已经不是简单的阵痛了。桌上的时钟指向十九点零三分，咨询室外传来手机的响声，紧接着是椅子摩擦镶木地板发出的吱吱声。“啪”的一声，有什么东西掉到了地上。马努埃尔·安图内斯咬牙切齿地咒骂道：“真是活见鬼……”他咕哝了一声。

我和小吉尔莫对视了一眼，他在椅子上动了动，看向时钟，说：“您也会离开吗，还是不会？”

这问题问得我措手不及。我没有马上回答。他咽了口口水，又低声问道，“老年人总是离开，不是吗？”

我迎向他的目光，努力不把目光移开。

“未来的某一天，我是不得不离开的，小吉尔莫。”

他笑了起来。那笑不像是笑，更像个鬼脸。

“我希望我不会离开。”

这回是我笑了。这笑是硬挤出来的，但我还是笑了。

“好啦，现在你不该为此而担心。”

他撇了撇嘴，慢慢地挠着鼻子。

“‘某一天’究竟是什么时候呢？”他问。

我再次迟疑了。我觉得现在告诉他这点不太合适：几乎可以肯定，圣诞节假期后，我就不会再回学校来了，因为我的代课工作就到这学期结束。我觉得现在不是说这个的时候，但我同样不想撒谎。有个声音告诉我这不是个好的选择。对小吉尔莫来说不是。此时此刻，他正在试图寻找一个问题的确切答案。我用目光扫视了一圈办公室，经过窗户时，视线落到喷泉上的铁制风向标上。

我呼了口气，放松了些。

“等到风向改变的时候，我就会离开了，小吉尔莫。”我说，“风向标指向北方的时候。”

他眼睛睁得像圆盘那么大，咬了咬下嘴唇。

“真的吗？”他问，眼睛也看向窗外，“就像仙女……？”

我点点头。

“就像仙女玛丽那样，没错。”我说，“但这是个秘密，就你和我知道，好吗？”

他的眼睛依然圆睁着，缓慢地点了几次头，之后耸了耸肩。

“好好好。”他说，“我保证。”

“太好了。”

沉默了一会儿。几秒之后，大厅又传来一阵清嗓声。小吉尔莫的肩膀放松下来，他眼里的光又暗了下来。

“我好像该走了。”他说着从地上拿起书包，把拉链拉上，然后从椅子上下来，站到地上等待着。“我下周四不需要带作业来吗？”他问。

这问题又让我措手不及，但我马上有了个主意。不要更多的画了，我想。

“需要啊，当然要了。”我对他说。

“哦。”他笑了。

我站起来，慢慢绕过桌子，帮他背上书包。然后用手摸摸他的头。

“下次我想让你带篇作文来。”我说。

他的眼睛睁大了些，一抹微笑点亮了面庞。

“哇！太棒啦！”

我也笑了起来，倍感轻松。

“嗯，是这样，我想让你给我讲讲你和爸爸妈妈今夏的伦敦之旅。”我说。他挺住不动了，转过头抬眼望着我，“还有你去听仙女玛丽唱歌时的事。就这之类的，你随便写。”

有几秒钟，小吉尔莫目光严肃地看着我。随后他耸耸肩，点头同意了。

“那之后发生的事也写进去吗？”他问。

我几乎就要脱口而出说“不”，但他目光中的什么东西阻止了我。

“之后的……”我问他。

他开始挪动步子，我跟在他身后。走到门那儿，他转过身来对我说："对，之后的。"

我又摸了摸他的头发。

"当然啦，"我说，"为什么不呢？"

他转动门把手打开门。门的另一侧，马努埃尔·安图内斯正蹲在大厅里的椅子旁边，捡那些散落在他脚边的纸张。他手里拿着手机和一个笔记本，那些纸张一定就是从那个笔记本里掉出来的。见我们来了，他迅速抬起目光，皱起眉头，像是做什么事被我们抓到了一样。

"结束了？"他问小吉尔莫。小吉尔莫点点头，他把剩下的几张散落在地的纸都捡起来，迅速地夹进了笔记本里。他喘着气站起身，一只手伸向小吉尔莫，清了清嗓子说："我们走吧？"

"嗯。"

父子二人在大门处向我告别。我目送着他们绕过喷泉，朝学校的铁栅栏方向远去，终于松了口气。在小吉尔莫的坦白之后，我终于觉得弄清了些什么：事实上，小吉尔莫是个早熟的、过度敏感、拥有天马行空般想象力的小男孩，他生活在母亲缺席的世界里。他感觉太痛苦了，于是只好躲藏在仙女玛丽的魔法和“她的力量中”寻求庇护，祈求能把妈妈带回来。这样看来，他在夜间尿床的事实也可以解释得通了。他说他一直醒着，说尿在床上是为了不看见他爸爸痛苦的样子，但不是这样的。更合理的情况是，他是在睡着的期间尿床的，而他爸爸在电脑前哭泣的画面是他经常做的一个梦。

我站在门口，目光锁定在小吉尔莫父亲那宽大的后背上。

“我认为是时候该轮到我们俩谈谈小吉尔莫的事了，安图内斯先生。”我在寒冷的午后喃喃自语。心里还想着，索尼娅一回来上班，我就去见她，告诉她我了解到的那西亚的遭遇，告诉她那西亚的家人对这小姑娘都做了什么。也许她在这方面还有更多信息。

我在门口待了一会儿，享受着异样温和的微风拂过花园里的叶子的景象，之后回到了屋里。正准备关上办公室的门时，有件东西吸引了我的注意。在大厅的椅子下面，后腿和踢脚板之间露出一个白点，有半页笔记本纸张的大小。

我走到椅子旁，挪开凳腿，捡起纸张。它被揉得皱皱的，上面有些污迹。我把它带进办公室，坐在桌边，用手将它抚平。纸上没有任何重要的内容，只是列着一张清单，像是备忘录。我低声读着，禁不住微笑起来。都是一个男人要做的日常，没什么特别的。

10 月 23 日，星期二

1. 修理门把手。

2. 汽车车间。检查轴承。

3. 橄榄球靴的模板！！！

（还有给杰米的。）

4. 解冻豌豆和鸡肉。

千层面更好。

5. 到国家就业系统登记（周二）。

6. 晚餐（红糖、调料和初榨橄榄油）。

备忘录里还有几项，但我不想继续读下去了。看这日期，我觉得它对马努埃尔·安图内斯可能不会再有太大用处了，于是扭身想把它扔到垃圾桶去。可突然之间，我保持原位置不动，身体倾斜，纸篓上方，那张纸就停留在空中。

我感到时间像是突然静止了，后背上开始冒冷汗。

不可能，我想，凉意继续上升，经过脖子直达头部。我呆呆地立了一会儿，没有动。办公室里只有时钟的嘀嗒声，那节奏夹杂着我的心跳。几秒钟后，我俯下身，重新把那张纸捡回到桌子上。然后打开一个盒子，那里面存有本周所有来访者的文件夹，文件夹里有与他们咨询相关的东西。我拿出小吉尔莫的文件夹，把它放到那页纸旁边。

“希望我猜的是错的。”我自言自语道，打破了房间的寂静，“拜托了。”

我打开文件夹，翻着那些画，直到找到小吉尔莫收到他妈妈的那封信的复印件才停下来。我拿起它，感到胃都扭成了一个结。合上文件夹，把那封信的复印件放在上面。

这两张纸放到一块儿，霎时间就一目了然了：笔迹是一模一样的。

写字的人是同一个。

小吉尔莫

（玛利亚老师留的作文）

题目：我的伦敦之旅和那之后发生的事

8月中旬的时候，爸爸、妈妈和我去了英国首都伦敦。我们到那儿去，是因为那里讲英语，而且总是下雨，还因为仙女玛丽上班的地点在伦敦。我之前从没坐过飞机。因为妈妈是空姐，认识很多人，所以我有机会坐到飞行员旁边。飞行员是个留着红色胡子的男人，笑起来像海盗，因为他是澳大利亚人，又像是个英国人，但那是个非常遥远的国度。

爸爸心情很糟，甚至可能很悲伤。妈妈不会回家了，因为她要去迪拜工作。他们的意见一直没有达成一致：爸爸说不行，妈妈说要去；爸爸说不想这样，妈妈说想。从春天开始他们一直都这样僵持着。所以妈妈带着许多个箱子，而我和爸爸只有一个很小的运动包放在飞机的行李架上。

当我们到达伦敦时，没有太阳，下了点雨，但这样更好，因为天气不炎热。当爸爸开始用英语讲话时，妈妈频繁大笑。火车售票处的那位女士听不懂爸爸在讲什么，于是扬起眉毛，像小丑一样。这位黑人女士的头发里有五颜六色的东西。之后我们去了酒店，到处都铺着地毯，以防地被弄脏，甚至电梯里也有。爸爸说："果不其然啊，看看这些英国人，铺这么多地毯，恨不得铺到墙上。"

电梯里穿着带大纽扣制服的男人笑了笑，但没有大笑出来，因为他和埃米利奥先生一样，是阿根廷人。他说："英国佬嘛，就这副样子啊，老兄。"

酒店的事就讲完了。

之后我们去看了大本钟。这是带指针的肥大钟表，《彼得·潘》[1]中的人物在夜晚飞行时就在它附近出没。我们还去了有古老木乃伊沉睡的博物馆，那里还有很多日本人走来走去。但里面实在是太大了，有看不完的东西，最后妈妈终于说："男孩们，我们去越南餐馆吃午饭怎么样？"

爸爸说："好吧。"但脸色依旧严肃。妈妈看向我，耸了耸肩。索尼娅老师在课堂上提问，但我们回答不上来时，也会做这个动作。虽然这并不怪我们，因为她问的是还没讲过的内容。

于是我们走进一条长长的街道，拐进另一条就到了。

爸爸告诉我说越南人生活得很幸福，因为他们会做辛辣的食物，吃起来舌头都燃烧着，以此达到闭着嘴吃饭的目的。妈妈一直在笑，我也是。但爸爸几乎没有笑，这是因为他从来都用不好筷子。一块鱼肉从他的筷子上滑出去，飞到了邻桌上。邻桌的先生戴着橙色头巾，胡子又长又白。他飞快地说了些什么，看起来很生气，但随后也笑了起来。之后的事，我现在记不太清了，大概是因为我们要去乘坐摩天轮，天色越来越晚了，我害怕它们会关门。因为妈妈总是说，英国人做什么事都很迅速，就是为了下午五点钟能在家和自己的猫

① 《彼得·潘》：英国小说家及剧作家詹姆斯·马修·巴利创作的长篇小说，讲述了一个会飞的淘气小男孩彼得·潘和他在永无岛的冒险故事。

一块儿喝茶。

那天的事，如今我只记得摩天轮那里人很多，就没有别的了。

第二天，我们去了101只斑点狗[①]相识的公园，好吧，其实是斑点狗父母相识的公园。我们在街边一家气味奇怪的餐馆吃了炸鱼薯条[②]，之后乘坐一艘玻璃船顺河游览。下船时，妈妈告诉爸爸："我们得像正宗英国人一样，带小吉尔莫去喝茶。"

于是我们乘坐红色双层巴士（就像电影里出现的那种，但这回是真正的），在一栋百货公司门前下了车。那百货公司和英国宫廷百货[③]类似，但更加豪华，门口停着镀金的车子，里面有一家规模很大的餐厅，服务生都是金发姑娘。我们每人喝完了茶，吃完了一小块蛋糕后，爸爸叫人结账。金发小姐把账单放在一个小盒子里，递给了他。爸爸打开盒子，脸一

---

① 《101斑点狗》：英文名为 *The Hundred and One Dalmatians*，是美国作家多迪·史密斯于1955年所撰写的儿童文学作品，后来由迪士尼动画公司改编成动画电影《101忠狗》。故事讲述男女主人公在公园遛狗时相识，后一同营救了101只斑点狗的故事。

② 炸鱼薯条：源自英国的食品，炸鱼是将去了鱼刺和骨头的鱼切成片后裹上湿面糊，然后油炸，同时也有炸薯条，吃的时候还会配上不同口味的调味酱，算是种很普遍的街边小吃。

③ 英国宫廷百货：西班牙全国各地常见的百货商店。

下子就涨红了，和他在电视上看足球比赛生气时一个样。只见他嘴巴张成一个大大的“O”形，几乎是喊着说道：“这谁能相信啊……能不能给我解释下……”

妈妈把手放在他的胳膊上，头微微倾斜看着他。

“算了吧，马努。”

“但……但……”爸爸说。

这时妈妈非常严肃地看着他，声音压得很低地说道：“别破坏这一切。”

后来我们还做了其他事。在宾馆睡了一宿醒来，就是最后一天了，因为到周日了。我们终于要去看仙女玛丽啦！

我非常紧张，紧张到有点想尿尿的地步。此时此刻，我们正在金碧辉煌的剧院门口等待着，那里张贴着一张巨幅海报，上面画的是仙女玛丽和伯特在旋转木马的那一幕。周围还有很多爸爸妈妈带着孩子来看，但他们都讲英语。

我们一进入剧院，那位戴着眼镜的印度先生就立刻引我们到我们的位置。大幕拉开，音乐开始响起。随后仙女玛丽出场了，一同出现的还有风向标、鹦鹉伞和从屋顶上打开的房子。妈妈和我开始唱歌，她用英语唱，而我不是。我们熟知其中所有的歌曲，因为在家演练过好多遍。一切都发生得那么快，突然间，仙女玛丽身上挂着一根绳索，从舞台飞向屋顶，然后离开了，我们都跳了起来，大声喊叫着，一些孩子哭了，其他孩子大笑起来。妈妈紧紧地抱着我，因为我们为她的离开而感到难过。

然后我们到仙女玛丽那满是镜子的房间去见她了。房间的味道十分美妙。她吻了我两下，用英语对我说了些话，妈妈一直在旁边翻译。最后她坐在自己的裙子上，说："啊，我喜欢西班牙。我喜欢那儿的人们，喜欢托雷莫来诺斯和贝纳马德纳①，因为在夏天，那里的一切都非常欢乐，人们永远友好地笑着。"她停了下来，摸了下帽子，继续说道，"你得听爸爸妈妈的话，威廉，做个好孩子。他们永远都爱你，对吧？"

我对她说是的，她摸了摸我的头，就没什么了。

好吧，没结束，因为我们要离开时，她对我说："永远不要忘记：当你遇到很困难的问题或深感悲伤时，记住仙女玛丽是怎么做的，我大声地念出魔法咒语，以便我自己能听到。然后一切，一切都永远地改变了，是吧？"

她透过镜子看着我，向我眨了眨眼，然后唱起来："Su-percalifragilistikespialidosuuuuus!"

---

① 托雷莫来诺斯、贝纳马德纳：均为西班牙南部沿海城市。

我非常开心地离开剧院，拉着爸爸的手唱着歌。

但不开心的部分就要到了，天色渐晚，我们得迅速赶向机场了。我们得乘半夜的航班回家，很明显，我家并不富裕。妈妈送我们到地铁站。她留在伦敦，因为第二天，她就将乘坐她的小飞机前往迪拜工作。在地铁上，爸爸一路都没说话，妈妈也没有，而我这里感到很痛，像是肚子，但又不是。直到到了车站，爸爸才开口说："这不是个好主意，阿曼达。"

妈妈紧紧地拥抱了我，我这里更疼了。像是要尿尿，但一点都没尿出来。然后她看向爸爸。

"关于这件事我们已经谈过很多次了，马努。"妈妈说。

"因为需要，所以我还要再说。"爸爸说，有点喊了出来。其中还夹杂着我不会写的骂人话。

"马努。"妈妈说。

爸爸朝麦当劳的小丑标志踢了一脚，小丑倒在了地上。几个先生看着我们，其中一个用英语说了些什么。然后，扬声器里喊出了一些我听不懂的话，妈妈抬起头来，非常非常紧地拥抱我。然后说："你们的车来了。"

就这些了。其余的，我记不得太多了。爸爸没再说什么，车上没有，飞机上也没有。虽然我心里感觉堵着，但很快又睡着了，因为已经非常晚了。后来我们到家了。等我们起床时，就是之后了。那时已经中午了，爸爸说：“我们和杰米叔叔还有恩里克叔叔一块儿去埃米利奥先生的餐馆吃比萨吧，想去吗？”

“好吧。”

我们在餐馆坐下后，爸爸的手机响了。他说：“喂？”然后就不再说话了。他站起来，走出餐馆到了街上，开始在窗前快步走动，眼睛盯着地面，手一直来回挠，弄乱了自己的头发，像在和自己打架一样。他还一脚踢向了一个塑料瓶。杰米叔叔走出去，抓住他的胳膊。但一开始，爸爸不愿意被控制，一把把杰米叔叔推向一辆汽车。之后杰米叔叔又一次抓住他，两个人一块儿离开了。爸爸还在打电话，喊着：“不，不，不！我不信！”

这时，恩里克叔叔的手机响了。

“喂？”他说。接着沉默了很久，稍稍转头看向那两人，又看向我，低声说：“我在呢，放心吧。嗯，当然啦，放心吧。”然后挂断了。

“我们吃完饭去电影院看你喜欢的电影怎么样？”他说。

“那爸爸呢？”

“他要去办件事，让我留在这儿陪你。”

“哦。”

爸爸外出了两天。回来后，他到杰米叔叔家来找我。之后的几个星期，他有时打电话，有时把自己关在房间里，喊着一些我听不懂的话。

我觉得他有时也在哭，但我不确定，因为没有亲眼看见。

就这些了。

以上。

玛利亚

办公室里，马努埃尔·安图内斯坐在桌子对面看着我。他没有脱下夹克，尽管壁炉是烧着的，还有暖气。他坐下后，就一直交叉着双臂。

“您请讲。”他说。

我不喜欢他的语气。两天前，我打电话给他时，他的语气就几乎带着挑衅的意味，充满防备。当时我已经打电话给他安排面谈，他也同意过来见我，但显然极不情愿。我尽量不去在意这些。

“我想和您谈谈小吉尔莫。”我开始了谈话。

他一边眉毛竖起来，挠了挠脸颊，但没说话。

“通过我和您儿子的几次面谈，我发现他身上有某种……不安。一开始，我不理解这种不安，只是凭直觉推测，而现在终于有些眉目了。”我接着说。

马努埃尔·安图内斯的头歪向一侧，脸上带着不耐烦的表情。

“哦。”这就是他全部的回应。

我深吸了一口气。我面前的这个马努埃尔·安图内斯是个少言寡语、惜字如金的人。每周四来接小吉尔莫，但完全不像之前那样精神焕发。他身上的某些东西已经改变了。

“我认为我了解小吉尔莫的经历了。”我最后这么说，望向他的眼睛。

他再次扬起另一边眉毛。

“您认为？”他问，手肘撑着桌面。

“是的。”

他盯着我的眼睛看了几秒钟后，摇了摇头。

“那您说说吧。”他说，脸上的表情丝毫没有感兴趣的意思。

我咽了咽口水，再次开始说话。

“小吉尔莫非常想念他的妈妈，甚至害怕她不回来了。”马努埃尔·安图内斯眼睛都没眨一下，也没有动弹。“因此他才求助于魔法，安图内斯先生。因此他才想成为仙女玛丽，以此期望她……您的妻子会回来。”

他垂下目光，清了清嗓子。

“安图内斯先生，小吉尔莫很不适应这种……分居。”我说，“如果您妻子能和他保持更直接的联系，会对他帮助很大的。”

他满不在乎地用鼻子哼哼了几声，反复摇了几次头，才说：“这是不可能的。”就说了这么几个字。

“是的，我知道工作时间不允许，”我说，“小吉尔莫也知道。但打个电话总可以吧。”我坚持道。“假如小吉尔莫能和他妈妈通话，会觉得她就在自己身边……一切都会不一样了，相信我。他需要有什么能证明她人在那边但心和他在一块儿。我认为这不是什么过分的要求，真的。”

他向我投来冰冷的目光，那冰冷让我打了个寒战。

“您说，不是过分的要求？”他用金属般冷硬的声音问。

我点了点头。

“您什么也不明白。”他咕哝着，“无论谁都一无所知。”他重复道，眼睛没有看我，“坐在那儿指手画脚多容易啊。您舒舒服服地坐在办公桌后面，评论着别人的生活，就好像别人需要您来告诉该怎么做似的。”他眨了眨眼，双手紧紧握在一起。

“安图内斯先生，我只是试图……”

“您只是想通过把您该死的鼻子塞进别人的生活来谋生，”他咆哮道，“像很多其他人一样。”

突然之间，刚才那个冷漠男人已经变成了一只受伤的动物。我试着理解为什么他一直愤怒地从桌子的另一边看着我，喘着粗气，紧握着拳头。

“我告诉过索尼娅老师了，这不是个好主意。”他咕哝着，松开了拳头，目光也垂了下去。“我就是这么跟她讲的，是有原因的。”

我深吸了一口气。

愤怒的狂潮已席卷而去，而沉默同样让人如坐针毡。我等了几秒，重新开口道：“安图内斯先生，我知道您比我们所有人都更担心小吉尔莫的幸福。”

他抬起头，面带嘲讽之色。

“哦，这样吗？”他假装惊讶地问。

“是的。我还知道您也试图摆脱这种……分居带来的痛苦。”

他把胳膊肘撑在桌上，脸埋进双手之中。

“天啊，”他说，“您还真是善于观察呢。”又说，“所有人都会说您是一个很好的心理学家呢。”

我忽略掉他这番言论。如果说，我从这些年的经验中学到了什么的话，那就是无论一个痛苦的父亲做何反应，都不要去在意。

我打开抽屉，把最上面的文件夹拿起来，从中取出那封信的复印件，还有与小吉尔莫最近一次面谈后，我在大厅地上发现的那张纸。

“安图内斯先生，我知道小吉尔莫收到的那些他妈妈的来信都是您写的。”

他皱起眉头，后背也挺了起来。

“别胡说八道了。”他咆哮起来，“我才不听这种鬼话！”

我把信和纸张放在桌上，朝他推去。

马努埃尔·安图内斯身体前倾，凝视它们几秒钟，没有作声。然后一只手慢慢地抚过头发，长出一口气。

“我想知道的是，信为什么不是他妈妈自己写。”我柔和地说。

他耸耸肩，垂下目光，又沉默了几秒。

“她写不了。”他说。

声音那么小，我都不敢确信自己听清了他的话。

“写不了？”

“写不了。”

“为什么？”

他的视线扫过整个房间：书柜、窗户、壁炉……

“您不会明白的。”

“您讲讲吧。”

他摇摇头，闭上了眼睛。

“该明白的不是我，”我说，“是小吉尔莫。”

他的眼睛一下子睁开了，还眨了眨，明显很惊慌。

“小吉尔莫……？”

我摇摇头。

“不，他不知道，请您放心。”我打断他的话。然而，就在那一刻，我的脑海里闪过一道微弱的亮光，我问自己：“你确定吗，玛利亚？你确定小吉尔莫不知道吗？”我想起小吉尔莫给我的那些画，想起那些图像，还有我们的谈话……我迟疑了。我突然间感到不确定了，也许小吉尔莫画的和讲述的都不是他编造出来的，而是他的真实生活。

或许真正的编造者不是小吉尔莫。

我看着坐在我眼前的这个男人，他的头埋在两只手中，那么地……深藏不露。这让我有更进一步探询的冲动，我需要知道。一个证据，某样东西。

“安图内斯先生，”我温和地开场道，“您能告诉我，您妻子离开之前，小吉尔莫是否有尿床的习惯吗？”

几秒钟后，他抬起头，目光中又有什么东西被点燃了，嘴巴紧紧绷着。这次倒是没有狂怒，只是带着难以置信和厌恶。

“尿……床？小吉尔莫？”他舔了舔嘴唇，一只脚往地面一跺，“不是，您在这讲些什么屁话啊？”他问，用眼睛瞪着我。

天啊，我想，他一无所知。我立刻感到后背开始冒冷汗，这凉意正在席卷全身。小吉尔莫说的一直都是实话。我又想，小吉尔莫不撒谎的。

我带着不情愿，说道：“安图内斯先生，我想问您一个问题。”

他眨了眨眼，但什么都没说。办公室里一片寂静，只能听到我的桌子上，时钟嘀嗒嘀嗒地走着，记录着这紧张等待中的每分每秒。等了一会儿，看到他没有回应，我决定说话。

“您和您的妻子正在经历……感情危机吗？”我没给他反应的时间，继续说：“换句话说，你们分居只是因为工作原因，还是另有隐情呢？”

一片阴影笼罩了马努埃尔·安图内斯的眼睛。那阴影像是暴风雨中的乌云。我好像看到他的太阳穴抽动了一下，还看到他把手掌撑在桌子上，活动着双臂。

我很害怕。就一瞬间的工夫，但已足够让我向后靠到椅子上，远离他几厘米。

我很害怕，没错，但我需要知道真相。

我坚持道：“您想过没有，为什么小吉尔莫会认为他妈妈……”我深吸一口气，说完这句话：“消失了？”

VI

那西亚的真相，最后两幅画和暴风雨中的几朵云

玛利亚

还剩下一天多一点的时间，这个学期就要结束了。所有事情都以一种神奇的方式加速进行，让人不敢相信小吉尔莫第一次来见我仅仅是几周之前的事。而时间就是这么操纵情感的：反复无常，不可预测，有时是好伙伴，有时是最大的敌人。

尽管与马努埃尔·安图内斯的会面已经过去了十五天，但我仍然记得面谈的细节，就像刚刚经历过一样：听到我的最后一个问题后，他从椅子上站起来，牙齿像动物似的紧紧咬在一起，斜靠在我办公室的桌子旁，身体前倾，摆出威胁的姿态。一条粗粗的蓝色静脉在他脖子一侧抽动，那满脸通红的样子着实让我害怕。

他保持这样有几秒钟，我却觉得有一年那么长。他半张开的嘴巴喘着粗气，非常缓慢地再次欠起身。随后转过身去，绕过椅子，一言不发地走到门口。他打开门要离开时，开口说话了，依然背对着我："从现在起，再也没有和小吉尔莫面谈这码事了。"就这一句，说完就走了。门关上之前，我听到他咕哝道："受够这些蠢事了。"

几秒钟后，门"砰"的一声关上了，一阵脚步声在石子路上渐行渐远。

从那以后，我再也没有和小吉尔莫进行过会谈，但他每天下午会继续来这所小房子排练。关于我与他父亲的会面，我们不置一词。小吉尔莫一到，只是胆怯地打声招呼，就径直到大厅尽头的小房间去。有几次，他离开时看到我的门开着，就探头进来说声再见。

"再见啦，玛利亚老师。"他边说边挥着手，肩上背着书包。然后就离开了，轻轻关上临街的那扇门。

然而，最后几天发生了一些变化：在说再见之后，小吉尔莫会在门口站定一会儿，不再说话，好像想告诉我一些事，但不知如何开口，或者不敢开口。今天下午也是这样，但不同的是，这次他没有走开。当他看到我在看着他时，对我笑了。这是个忧心忡忡的笑容。

“你有什么事吗？”我问他，随手把眼镜摘下来。

他没有立刻回答，而是深吸了一口气，眨了几下眼睛。

“老师，我能求您一件事吗？”他说着，挠了挠鼻子。

“当然可以了。”

“您……”他犹豫着开口了，“明天有可能来看我在演出上表演吗？”

他的坦率让我微笑了起来。

“你想让我去吗？”

他拼命点头。

“想，想，想啊。”

“很好，那我就去。”

他的脸绽放出光彩，又微笑了起来。随即低下头。

“因为……那西亚不能来，爸爸也不能……”

我试图掩饰住惊讶之情，继续保持微笑。

“哦，就是说，你爸爸不去看演出了？”我问他，试图不让语气出卖自己。

“不去了。”

我把正在处理的文件关闭了，双臂交叉抱在胸前。

“他有告诉你为什么吗？”

小吉尔莫把书包从肩上摘下来放到地上，自己的脚边。他有点局促不安，头偏向一边。

“告诉了。他说‘嗯……因为……不去’，就没了。”

他又立刻低下了头。

“好吧，”我对他说，“也许他改主意了呢。你知道，大人就爱那样。”

他看着我，面带微笑，但眼里却满是悲伤。

“是啊。”

他依旧站在门口那里，什么也不说，像是在等待着什么一样。

“还有事吗，小吉尔莫？”

“嗯。”

“说吧。”

“嗯……由于我每周四不来和您见面，而且明天就要开始放假了，我今天带了两幅画给您。”他说着蹲下身去翻书包。

还没等我说什么，他就拉开了拉链，取出两张皱巴巴的纸来。然后站起身，伸手把它们递给我，但没有挪动脚步。

我想告诉他我不能接受这些画，因为我不再是他的向导了，但我不能。自从马努埃尔·安图内斯叫停面谈以来，我一直没有放弃琢磨小吉尔莫的情况，也没有停止寻找线索。这些日子里，我查看了他的档案、我的笔记、图像和我们谈话的片段……还在他不知情的情况下看他排练。有些下午，我走到大厅尽头的房间门口，在那里站上几分钟，看他唱着“Supercalifragilisticoespialidoso”，仿佛他的生命就在其中，带着他永恒的微笑，怪异的装束——别着假花的帽子，长裙，系带靴子和想象出来的雨伞，还有闭着的双眼。当我看着他的时候，我听到索尼娅的话在音乐声中回响：“我认为我们看到的小吉尔莫只是拼图中的一块，在那开心的表象之下有……神秘的一面，正等着我们去解救出来。”

我想对他说不，我不再需要他的画了，但我不能。我把手从桌上抬起来，伸向他。

“过来，坐在这儿。”我对他说，看了眼表。“但我们只有几分钟时间。我马上还有一场面谈呢。”

“好的。”

他把那两张纸递给我，坐在我面前的椅子边缘，面向桌子的另一边，双脚在空中摆动。我重新戴上眼镜。当我抬起头时，看到他把双手放在大腿下，眼睛扫视着房间。然后我看了第一张画。

看到的东西彻底把我搞糊涂了，那么明显，以至于小吉尔莫应该是在我的表情中察觉到了，因为他立即说："这幅图画的是后来。"

我看着他。

"后来？"

他点点头。

"演出结束后。"

我看着这幅画，但没能看懂。小吉尔莫笑了。

"这是圣诞演出上我的节目结束后将会发生的场景。魔力咒语起作用了，还来得及，一切都好起来了。"

我快速浏览了一下这幅画。实际上，红色的"Supercalifrag-ilisticoespialidoso"斜着穿过画面底部，就像一个盖在紧急包装上的巨大印章。

我还没来得及仔细查看这幅画，小吉尔莫又说："另一幅不是。"他脸上带着一丝诡异的微笑。

我眨了眨眼，试图让思路跟上他。都无须提问，他就自己做出解释了。

“另一张图画的是现在。”他说。

我拿起这幅画，让它靠近台灯。突然间，我感觉到一股轻微的寒意，像一个触手一样慢慢地爬上我的胸口。

“可是，小吉尔莫……”我听见自己低声说道，“这是……”

就在这时，一个人影从窗前经过，房子周围的石子路上响起一阵“咯吱咯吱”的脚步声，从门的方向传进来。我和小吉尔莫对视了一眼，他再次点点头。

“是的，”他说，“这是一条美人鱼。”

脚步声停住了，外面一片寂静。然后铃响了。我按下桌子旁边的按钮，门开时可以听到“咔嗒”一声。小吉尔莫转身向后看，立刻从椅子上下来了。

“我想我可能该走了，对吗？”说着从地上拿起书包背到肩上，没给我说话的机会，就慢慢往门那里走去。我低头望着依旧摆在我面前的这两幅画。

“小吉尔莫。”我想都没想，几乎脱口而出。

他停下脚步，转过头来。

“什么事？”

“等等。”

他彻底转过身来，待在原地，背有点佝偻着，手扶着书包背带，像个疲惫的小家伙。

“你走之前，我想求你件事。”我对他说。

小吉尔莫

“不需要很长，”玛利亚老师说，随后关上了门，“每幅画配上一段文字就足够了。”

那西亚总是说大人们很奇怪，因为他们有时会说些让人听不懂的话，有时他们的话，你感觉听懂了，但一会儿又不懂了。比如老师有时候说我们得努力学习，但还说“但别用力过猛”。没有人真正明白这是什么意思，但也没人抱怨什么。我想起这些，是因为玛利亚老师先是说我可以走了，然后又问我是否可以留一小会儿，因为她想让我在一张纸上写写我带来的画里画了什么。

我不明白，既然画是画给她看的，她为什么还想让我告诉她画的是什么。有可能是因为她看不太清，她需要另外的眼镜，而自己却不知道。

“现在课间休息时间结束了，我得去上体操课了。”

“这你不用担心。”她说，轻轻摸摸我的头，“你同意的话，我这就打电话给秘书处，让他们知道你在我这儿。”

她陪我来大厅尽头的房间，就是我排练的地方。然后给了我一张纸和一支绿色的圆珠笔。好吧，其实是支记号笔。

“你写完后，把它们都留在桌上就行。我在会谈结束后，会过来把它们收起来。”

“好的。”

然后她就走了。

由于不知道从哪儿开始，我只好拿起描绘演出后魔法咒语起作用的那张，把它放在带格子的纸张旁边，用绿色圆珠笔写道：

小吉尔莫写给玛利亚老师的，第一幅画的文字。

然后我盯着这幅画看了一会儿，想好好回忆一下。

嗯，事情将会是这样的：当我在演出上唱歌时，仙女玛丽会多次听到这个魔法咒语，因为它在这首歌里重复了很多次。虽然这有点困难，因为我唱歌的同时，还得跳舞。我累了，唱不出声音来了。但我还是会按时唱完，虽然对于改变一切来说有点太过美好了，但没关系。就这样，那西亚不会受家人惩罚，不会被送回巴基斯坦，去认识那个留着胡子、又胖又丑的男人并嫁给他。那人已经很大岁数了，他是她的表兄，而且很富有。拉菲已将这一切都准备好了。那又怎么样呢，也许除了那西亚，他们所有其他人都回巴基斯坦了。然后爸爸收养了那西亚，因为爸爸那么孤独，总是在哭泣。是的，我认为这再好不过了：爸爸收养了她，我们又是个三口之家了。我们会边看电视边吃葡萄，也许那西亚的头巾也不用经常戴了。

写完第一张后，我拿来一张新纸，把另一幅画放在旁边，来提醒自己它的内容。

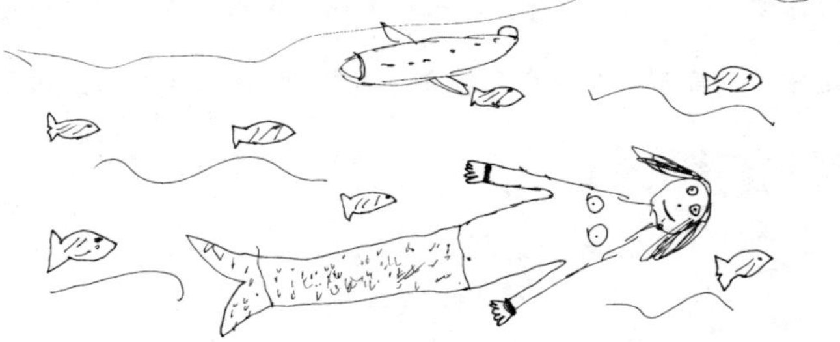

小吉尔莫写给玛利亚老师的，第二幅画的文字。

这幅画的内容是这样的：妈妈走后，她就住进了爸爸在柜子之上的宝箱里，因为她变成了美人鱼，就像是鱼里边的女人。我从没说起过这个，因为我觉得没人知道。如果不是这样的话，爸爸保存在棕色皮质相册里的那些报纸上写的“她消失了”就说不通了。在我看来，迪拜有非常蓝的大海，海里有很多美人鱼，妈妈整天除了和鱼儿在海底嬉戏，什么也不干，就像我们在马略卡岛时那样，带着黄色的垫子出门，嘴里念念有词：“现在我们要下去探索一番啦。”然后潜入水中，好一会儿才浮上来。而且一定会……好吧，我不知道再说些什么了。哦，对了，我确信仙女玛丽会时不时去看她。她们会与螃蟹、章鱼，还有发出巨轮般声音的海螺共舞。或许她就像爱丽儿公主[1]一样，没人知道她在哪儿。最终的结局是她逃跑了，与那个长得像爸爸的古铜色皮肤的王子坠入爱河了。这就是一切。

就这样了。

① 爱丽儿公主：一个卡通人物，出自迪士尼动画电影《小美人鱼》。她有着一头长长的、流动着的、鲜红色的头发，穿着薰衣草色贝壳胸罩，是海王和海后的小女儿。

写完之后，我重新通读一遍看看有没有落下什么，就像应付语言课上的听写那样。检查好后，就把它们和画一起留在了桌上。然后拿起书包离开，在走廊里，经过玛利亚老师的办公室时，我发现门开了一道小缝，于是想探头进去说再见，但她正坐在那儿打电话，屋里没有其他人，所以我不知道该怎么做，于是就什么也没做。

“我需要和你见一面，索尼娅。”她说，“我希望你现在已经康复了。嗯嗯，当然了。是的，我想和你谈谈小吉尔莫，还有那西亚。”

随后是一阵短暂的沉默，直到她开始在笔记本上写字，说道：“不，我觉得可以等到明天。我更希望不要在电话上谈。”

又是一小会儿的沉默。

“好，就这么定了。明早第一时间在你办公室见。”

我觉得她马上就要挂电话了，因为在电影里一般有人说出这种话，就不会再接着说什么了。她说过我不需要进办公室和她告别，所以我踮着脚走到门口，来到花园里。这时，最后一小时的铃声响了起来，我拔腿就跑，赶去上课。

玛利亚

“你怎么想？”

索尼娅的视线离开报告，抬了起来，抓着自己的下巴。紧张，从她的声音和双手都能看出她很紧张。她合上摆在桌上的报告。

“起初，我以为一切都是小吉尔莫想象出来的，便没太在意。但后来，我重新审视一遍，觉得应该告诉你。事情就发生在这几周里。正巧你那时病了，我更希望等你回来再当面说。”我说。

我说话的时候，她一直在看我报告中小吉尔莫告诉我的关于他在商店后面的房间里与那西亚发生的情景，他们在课堂上的谈话，便利贴，以及提到的她表兄艾哈迈德，还有假设会发生的——按拉菲计划好的那样，她回巴基斯坦和那男人结婚。

她停下几秒，然后把黄色便利贴从信封中取出来，神情严肃地看着我。

“也许你之前就该打电话给我。”她面带担忧的神色，“有可能只是孩子间的事，没什么要紧的，可是……”她抿紧嘴唇，慢慢摇着头。

她说得对。我想，我因犯了错而埋怨自己。昨夜几乎整夜未合眼，脑海里翻来覆去全是昨天和小吉尔莫会面的场景，还有他离开前留在我桌子上的两幅画及文字。

和索尼娅的会面以不能更糟的方式开始了。早上的天空灰蒙蒙的，覆盖着黑云，就像某个夏末早上会出现的那种，到了下午，炎热就将变成暴风雨。我一到学校，就坐在那儿，感觉自己迟钝又笨拙，试图向索尼娅总结近三周与小吉尔莫咨询过程中发生的事。而事实是，她似乎也没那么清醒。由于感冒，她面容苍白憔悴。我们准备了咖啡，注意力立刻集中到正事上。

“说实话，我已经被小吉尔莫的情况深深吸引，以至于没有太注意有关那西亚的片段。”我说道，试图道歉。她没有看我，继续阅读，快速浏览报告的页面，时不时停下一小会儿，“你是怎么认为的呢？”我开始询问。

“我怎么想并不太重要，”她打断我，抬起头，似乎注意到自己的语气有点尖锐，微笑了一下，缓和了一点气氛，“让我担心的是，从我在这里读到的内容来看，小吉尔莫讲到的有关那西亚的事没有一丁点矛盾之处，一点都没有。这叙述非常……”

“线性？”我说。

“是的，线性。”她表示同意，“或者这就是它本身，我不认为这是一个孩子幻想的产物，玛利亚。至少和那西亚有关的部分不是。”她又低下头去看报告。“我们应该从观察那西亚是否继续正常来上课开始。”她说，随后身体转向电脑屏幕，输入密码，打开学校的考勤表。接着进入四年级的页面，点击“导览”按钮。“该死。”一秒钟后，她咬紧的牙齿放松下来，挠了挠脑袋。

“怎么了？”

“那西亚四天没来上课了，而且全部是无故缺席。”她把脸凑近屏幕去看橙色背景的“观察”一栏中附上的文字。“周一是她来学校的最后一天。秘书处已经给她父母打过电话了，但没人接。他们也没有回复手机短信。”

我感到脸上有股热浪袭来，正要说这可能只是巧合，但突然间，小吉尔莫给我的所有关于那西亚的片段都能合适地拼在一起了。这不可能。我想，双眼闭上片刻。重新睁开时，索尼娅正将手机贴在耳朵上，用笔在号码本上做标记。她等了几秒钟，发出一声恼怒的叹息。

“卡门，我是索尼娅。”她说，“我需要和你谈谈。听到这条留言后，立刻给我回电，打到学校或者我的手机都可以。事情非常紧急。”

卡门是社会工作者，为学校一些学生的家庭提供帮助，也是学校和教育部之间的桥梁。她是一个非常有能力且干练的女人，习惯以坚定果断的手法处理困境，有时甚至是极端情况。我本学期只见过她两次，而且从未看见她笑过。

索尼娅放下电话，转身看着我。

“我觉得现在打电话还不晚。”她说，冲我微微笑了一下，

“与此同时，你想和我说说小吉尔莫的情况吗？”

“好的。”

她把报告整理好放回文件夹里，还给了我。

“我洗耳恭听。”

我开口前看向窗外。天空更暗了，照进办公室的光非常微弱，要不是有些荧光的话，就什么也看不见了。我好像听到远处有雷声响起，但看索尼娅的样子，好像什么也没听见。我在桌前坐下，把文件夹放到一旁。

“你说得有道理，”我说，“冰山只露出了一角，剩余的部分都在水下。就好像小吉尔莫是一个城堡的看守者，里面关着东西，他得将它们隐藏。但同时，他又需要与人分享，因为那负担对他来说实在太重了。又像是……”

这时，办公室的电话响了，刚响一声，索尼娅就接起来，我只得把没说完的话咽回肚子里。

“嗨，卡门。”她说，“对，是那西亚，四年级新来的学生。是的。”

停了几秒，又说：“不行，我不能等了。”

又一次中断。

“也许是我错了，但依我看，我们现在得赶快行动。”

沉默。

“好的，你那边如果可以的话，马上。我过去接你，路上再详细说。当然了。”

又是几秒停顿。

“放心，我到了就打电话提醒你一下。十分钟后见。”

她一放下电话，就马上起身，从椅背上抓起手提包。

“抱歉，我得走了。”她说着，把手机揣进大衣兜里。

“如果你需要我陪你一块儿的话，我可以告诉你们我手头的信息都有哪些。”

她就快到门口了，只好转过身来，脸上挂着不耐烦的神色，对我说：“如果你不介意的话，我宁愿你留下来帮助克拉拉完成演出的细节。她昨天跟我讲，一切都准备好了，但我不知道我是否赶得回来，而她自己一个人没法应对所有事。”

“当然没问题。”

“至于小吉尔莫……”她说，瞥了一眼表，“我们最好等我回来再做讨论。你看行吗？”

我犹豫了。她稍稍偏着点头，笑了，身体转回门的方向。

“而且，我信任你，玛利亚。”她边说边走到走廊，“我相信你一定不会出错。”

门“砰”的一声关上了，声音回荡在清晨时分盈满校园的这份死寂中。屋外又传来一声震耳欲聋的雷声，比上次的更近了。我坐在刚才索尼娅的位子上打开文件夹。电脑上的时钟指向了十点，一瞬间觉得奇怪，怎么还没有人到呢。但立刻又想起来，今天是放假前的最后一天，学校十一点半开门，等四年级演出结束后，下午一点半关门。

这时我突然听到一辆汽车正在启动，带着轻微的刹车声。然后一切又归于沉寂。

我坐在那儿，周围弥漫着索尼娅办公室里咖啡的香味，一阵深深的悲伤爬上心头。我想起第一次看到小吉尔莫来到花园的小房子，孩童的眼中有股成熟的味道，笑起来那么干净纯真。我仿佛又能看到他站在门口，不敢进办公室，但拉着我的手。这场景让我觉得嗓子像被什么堵住一般。这么多年来，我第一次觉得自己失败，觉得想做更多，却没有时间了。

我闭上眼睛，边按摩着太阳穴，边在脑海中回忆那些景象，谈话片段，和小吉尔莫面谈中发生的趣事，试图做最后一次尝试，希望能找到某些东西，某个直到刚才出现的关键信息，它一定就藏在我们故事的某个角落里。

“宝箱的钥匙。”我低声说，眼睛依旧闭着。接下来的几分钟，我在记忆中寻找着，直到窗外又一阵震耳欲聋的雷声传来，窗玻璃都跟着震了起来。

我被吓了一跳，转身看着早晨的灰色天空。此时，咖啡的香气从角落的茶几上飘来，变得更加浓烈。突然间，我看到一架飞机从天上掠过，在云下滑行，像是一条鱼在波涛汹涌的海面之下。离飞机不远的地方，一道闪电照亮了天空，接着又是一阵雷声，窗户再次震动起来。

那一刻看到闪电的光亮，我感到胸部仿佛受了一击，使我的后背瞬间缩了起来，切断了我的呼吸。

“一定是这样，”我喃喃自语，“多明显啊！我之前怎么没发现呢？”

心脏像被拳头重击了一下，我打开小吉尔莫档案中的文件夹，迅速翻过所有写着字的纸张、观察卡、笔记和图画，一直翻到最后一页，把它从文件夹中取出来时，我的手有些颤抖。喝了一口咖啡，深吸一口气，才开始准备动手将它展开。然后，当新的一道闪电照亮黑暗的天空时，我展开了小吉尔莫画的最后一张画。

一切都越发清晰起来。

小吉尔莫

今天我比平常起得晚，因为有演出，我们十一点半才上学。于是我能够多睡一会儿。摆在妈妈照片旁边的仙女玛丽的闹钟在床头柜上嘀嗒走着，它今天不用铃铃作响喊我起床。然后我将床单从洗衣机中取出，放进烘衣机里。昨晚，爸爸又一直在电脑前坐到很晚，而且他没有上床睡觉，最后，我终于憋不住尿了出来。在等待床单被烘干的同时，我准备了高乐高和红色块状果酱吐司，这是妈妈喜欢的食物。

刷过牙，洗完脸后，我穿好衣服，把床单从烘衣机里取出来，折起来放进柜子里，这样爸爸就看不到它了。我从厨房的窗户望出去，看见天空阴云密布像是要下雨的样子，于是穿上带兜帽的夹克。我还带了跟爸爸一样的运动包，里面装着扮仙女玛丽的服装。我离开时没有发出太大的声音，也许只有一点点。

从我们住在这里起，我就喜欢下楼梯，因为它们是大理石材质的，和城堡里的一样。而且未来某天，我还必须学会像仙女玛丽一样坐在扶手上滑下去以节省时间，因为将会有许多事要做，这样会比那个总是出故障的电梯更快，因为它没有魔力。

但当我走到楼梯平台时，碰到了尤米拉夫人，我们奇怪的新邻居。我觉得她是一名女演员，但她来自罗马尼亚，和德古拉[①]一样。她讲起话来，声音像黑白电影里的间谍："找山好，吉尔尔尔尔莫，你惊天真么样？我很好，谢耶耶耶耶谢，你长昂昂昂得可真嗯嗯嗯呃快啊，是吧？已经是个小嗷嗷嗷嗷大人了。"她的头发那么金黄，眉毛像炭一样黑，一

① 德古拉：爱尔兰作家布莱姆·斯托克小说《德古拉》的主人公，来自罗马尼亚，拥有伯爵头衔，是个嗜血、专挑年轻美女下手的吸血鬼。德古拉还在多部影视剧作品中出现。

口金牙明晃晃的，令我有点害怕。而此刻，尤米拉夫人正开着门等着，说："你下啊啊啊楼哦哦哦吗，吉尔尔尔尔莫？"于是我们一起下楼到了门厅处，她开始对着镜子化妆，还喷上了香水。那香水大概很贵，因为它闻起来和爸爸为了不让人发现自己抽了很多烟而喷在书房里的那种味道差不多。

然后，当我打开临街的大门，走向公共汽车站准备乘车时，就像电影里演的一样：在商店门前停着两辆警车，蓝色的警灯不停闪烁，白色警戒线后站着一大群人，就像在我们小学旁边的欧洲南部天文中心院子里发生的那样，人挤着人，有人喊道："打啊，打啊！"我们都会老远跑过去，看看是谁在打架，待在那儿看上一会儿，直到有老师或主任来了，我们才走，因为学校不允许这样。

我走近人群，看到前面三个戴着方格帽子的年长先生中间有块空隙。他们大概已经不再工作了，因为像爸爸说的"他们一生辛勤劳动，已经赚了不少钱了，老兄"。我钻到他们中间去张望，这时感到肚子上有个很坚硬的东西，因为我看到那西亚和她妈妈手拉手站在门帘旁，她妈妈的脸蒙着头巾，但是那西亚没有。当我挥手向她们打招呼时，那西亚的父亲和拉菲从门帘里出来，两名警察抓着他们的手臂，把他们带到停在前面的车上。拉菲大叫着，双脚乱踢，嘴里不停地蹦出脏字。戴格子帽先生们中的一位说道：“咳，这些人都一个样，就知道到处惹事。要是……”

另一位正吸着一种冒烟的东西，像是烟，但没有点燃，因为是塑料的。他咳嗽了几下，说：“没什么好东西，绝对的。我看这两个人得在监狱关上一辈子。说不定他们还会炸了……”

站得稍远一点的那位姑娘眼望着天，说道：“可怜的人啊，不得不经历这些，背井离乡不说，还……”

然后另一位女士说：“那我们呢？我们就活该让这帮人来打劫吗？摆在我们面前的永远是这样的陈词滥调……我们就是不吸取教训。像是谎言一般，老兄。”

但突然间，所有人都不说话了，因为警察把拉菲和他爸爸押进车里，然后索尼娅老师和卡门女士从商店里跑了出来！卡门女士也在我们学校工作，但我忘了她具体是做什么的了。两位老师非常严肃，开始和那西亚还有她妈妈说话。她妈妈用手挡着前额，一直摇着头，嘴里发出“啊啊啊啊啊”的声音。索尼娅老师从身后抱住她，低声对她说了些简短的话，她的情绪才慢慢缓过来。然后她们几个都坐进第二辆车，在一闪一闪的警灯中离开了。

“明天他们就会被放出来，等着瞧吧。”抽塑料烟、戴方格帽子的先生说，还吐了口唾沫。之后他又说了些什么，而那位女士突然说：“妈呀，时间过得太快啦，都已经十一点了，一上午就这么不知不觉过去了，过会儿保证下雨。”

我想我可能要迟到了，所以一路小跑到了车站，正好赶上公交车刚转过广场的拐角，停下等红绿灯。我往车站跑时，感到肚子有点痛，像是有尿，因为我想起来那西亚刚刚没有看见我，也许是因为她和她妈妈离开这儿到机场去了。她们要是没等我唱仙女玛丽的魔法咒语就走了，我就没法帮她了。她将嫁给那个留着胡子的胖表哥，并以他妻子的身份死去。然后……

然后我坐上了公交车，到学校时，十一点半刚过了一点点。

比拉尔·索里亚的爷爷是这么说的，他当时正和双胞胎罗松兄弟的妈妈一起站在校门口。“快跑，比拉尔，快点！现在已经十一点三十五了，最后一天上学，你还来晚了！”他喊着。然后对罗松太太说：“要是您愿意，我们可以去下面那条街的酒吧喝杯咖啡。毕竟现在回家，一小时之后再回来接他们多蠢啊，不是吗？”

她说：“嗯。”立刻挠了挠耳朵，又说了一遍，“嗯。”

他们挎着胳膊，慢悠悠地走了。

然后我拔腿跑了好久都没有停下，因为如果我第一个到，也许可以求玛利亚老师让我第一个唱，这样的话，那西亚就还没和她妈妈一起坐上飞机离开，她也不用回巴基斯坦了。可是当我到达礼堂时，有几个班上的孩子已经在那儿了，还有一些父母在门口，但玛利亚老师不在，只有克拉拉老师。

“啊，小吉尔莫。谢天谢地，你可来了。”她在舞台那里说。然后双眉紧锁，仔细地看着手中的带环文件夹，说：“你和那西亚在罗松兄弟之后上场。第……我看看……嗯……对，倒数第二个。”

“但是，老师……”

“嗯？”

“我能不能第一个唱呢，这样就能早点唱完，咒语就能及时生效了。”

克拉拉老师表情有点扭曲地看着我，然后嘴里发出“嘘”的声音，连续两次。

“别说了，小吉尔莫。一切都安排好了，现在我们不能再改顺序了。”

我艰难地咽了咽口水，就好像你到黑板那儿去，你的鼻子上有粉笔灰，但似乎又没有。

“但或许……如果您问问玛利亚老师……因为她说过……”

她摇头表示拒绝，说：“我看玛利亚老师不会来看演出的。”

“不来吗？”

“她得离开，有紧急情况。”

“哦。”

“现在你和同学们一块儿到大幕后面去吧，行吗？我得去接你们的家长了。我一有空，就去帮你们化妆，我自己一个人顾东顾不过西啊。”

“好的。”

我钻进大幕后边。罗松兄弟、西尔维娅·戈麦斯，还有许多人已经在那儿了，有些已经换好了演出服。我有点想尿尿，于是到大幕后院门旁边的厕所去了。可是厕所有人，我不得不等。然后……

然后发生了一件大事。

非常非常大的事。还能听见一声雷鸣。

一切都是同时发生的。

就是这样。

玛利亚

真相。

这是多么真实啊。我们花了很长时间去寻找真相，而最后发现真相的那一天却是极其艰难的。

我们拿它怎么办呢?

令人奇怪的不是它一直在我们眼皮底下，而是我们直到最后一刻才知道去看它。真正奇怪的是，真相最终出现了，却不给人多少时间。它要求人们迅速采取行动，而且通常是非常紧急的行动。

那架飞机，小吉尔莫的真相就在那里。拼图中那缺少的一块。

不久之前，我在索尼娅的桌子上展开了小吉尔莫画的最后一幅画，我明白了小吉尔莫想要描绘的是在某一时刻发生的某件事，而且这件事对他来说改变了一切。

一切的开始。他描绘的就是这个。

那么，又是什么的开始呢？

美人鱼，飞机，太阳和暴风雨。有好一会儿时间，我看着这幅画就好像第一次看到它一样，而与此同时，大脑正在整理着自小吉尔莫从开始进行咨询以来积累起来的所有信息。

“当一个人消失不见了，他会去哪儿？是像死了那样，还是其他什么样？”我的脑海中又一次听见小吉尔莫这样问。

于是一种猜测在错综复杂的拼图中打开了。

当然了，我想，我之前怎么会没想到呢？

我把画移到一旁，点开了计算机上的“浏览器”图标，在搜索栏输入：“8 月 15 日西班牙空姐”，按下回车键。

什么也没有。

一条信息都没有。

窗外又传来一声雷鸣，这次更近了，接着是一连串的咆哮。

乌云的海洋中着实找不到一丁点蓝色。我起身又为自己准备了一杯咖啡，开始在办公室里缓缓踱步，试图重整思绪。

你遗漏了什么东西，玛利亚。我这么想着。外面的天几乎像秋天傍晚一样暗淡了。“还缺什么。”我继续来回转圈，到门那里停下来喝一口热咖啡。放下杯子时，我看到瓷器的白色底部上有一幅画，上面有大本钟、伦敦塔桥，旁边写着“我❤伦敦”。

茶杯几乎从我手中脱落。有了！就是这个！我把杯子放在窗台上，跑到电话旁。

电话的另一边，学校的两位秘书之一——艾斯特在铃响一声后就接起了电话。

“嗨，艾斯特，早上好。我是玛利亚，那个心理咨询师。”我对她说，“我需要马上知道一条信息。”

“没问题。”她果断地回答，“请讲。”

“我需要你帮我找到吉尔莫·安图内斯的第二个姓。他在四年级。”

“稍等一下。”她说。我能从听筒听到她的呼吸声，还有敲击键盘的声音。等了一会儿，她重新把话筒放到嘴边，说：“我找到了，我们来看看。吉尔莫……”声音被困在她的牙齿间，最后终于，“威乐特。吉尔莫·安图内斯·威乐特。”

我请她帮我拼一下，然后挂断了电话。

这次我不会失败了。

我在谷歌的“新闻”一栏输入：“阿曼达·威乐特空姐 8 月”，点击“搜索”。

不再需要什么了。

一共有 114 条结果。

而这些结果的标题全部是同一个。

那是十五分钟前发生的事。十五分钟足够我完成以下事情了：喝完咖啡，到活动大厅告诉克拉拉我必须离开，处理些意料之外的紧急情况，下楼到停车场，上车迅速坐好，出发。乘电梯上去时，我给索尼娅发送了一条*瓦次艾普*[①]，内容大概是这样的：“索尼娅，我不得不离开学校，留下克拉拉一个人负责演出的事了。是关于小吉尔莫，我没法等。事情办完，我会尽快回去。相信我。”

现在我正在等*瓦次艾普*上的回信，听到门的另一边有阵脚

---

① 瓦次艾普：英文为 whatsapp，是国外一款非常受欢迎的跨平台应用程序，用于智能手机之间的通信。借助推送通知服务，可以即刻接收亲友和同事发送的信息。功能与微信类似。

步声在缓缓向门这边靠近，最后停下了。猫眼里的光暗了下来。有人正从里边看着我。一阵沉默。最后，猫眼的光又回来了，门“咔嗒”一声打开了。

“是您啊？”脚步声的主人表情里带着惊讶和不悦。

“我能进去吗？”

屋里的收音机正在播报新闻，但在这里，门口处，又是一阵让人不适的沉默，两个人相对无言。然后他慢慢摇了摇头，垂下目光。我以为他就要关门了，但他慢慢地挪向一边，低声说了句：“进来吧。”

就在我即将越过门槛的那一刻，手机响起了瓦次艾普的来信提示。我下意识地触摸屏幕，看到了索尼娅回复的消息：“去吧，玛利亚。要小心冰山啊。”

我露出一个隐蔽的微笑，进门了。当马努埃尔·安图内斯慢慢地关上门时，锁发出的咔嗒声让我后背发冷，只能以一个紧张的微笑加以掩饰。

去吧，玛利亚。我想，深吸一口气，迈出从走廊通向（我猜是）客厅的第一步。

VII

阿曼达·威乐特的秘密，
白色皮包和一个非常特别的仙女玛丽

玛利亚

我认为我更好的选择是离开。

马努埃尔·安图内斯坐在我对面的椅子上等待着，两只胳膊肘撑在桌上。他蓬头垢面的，穿着灰色休闲套装。这套衣服应该是专门在家里穿的，也许还当睡衣用呢。

客厅是一间缺少装饰的房间，配有棕色沙发、桌子、三把椅子和一台电视。墙边堆满了搬家时留下来的还未开封的箱子。这让人觉得这里的生活是暂时的，或者更确切地说，带着单身汉公寓典型的疏于打理的特征。一株植物都没有，一幅画都没有。透过窗户可以看到屋顶和街道，黑色的天空为上午披上了灰色的斗篷，其实几乎是黑色的。

马努埃尔·安图内斯看着我，摇了摇头。

此刻，雷声在窗户的另一边回荡，几只鸽子从阳台栏杆上飞走。暴风雨带来的紧张感几乎像通了电一般。

“我已经跟您讲过，不要再插手我们家的事了。”他用威胁的语气说道，“我和小吉尔莫不需要任何人的帮助。”

我们到客厅已经有十分钟了，这是他第一次说话。从在他面前坐下开始，我千方百计地试图开始谈小吉尔莫的事和我来访的原因，但他都报以沉默。什么也不说，甚至一个词都没有，直到这句我已经料到的“您最好是走吧”。

我也把胳膊肘撑到桌子上，说：“我认为在我离开之前，您应该听我把话说完，安图内斯先生。”他抬眼看着我，目光中带着疲惫，但没说话。“拜托了。”

沉默。

“我知道您不会为我的话而感谢我。我现在了解了这几个月来您为了保护小吉尔莫所做的努力。这对您来说一定十分不易。”我试着微笑，可没能成功，“但也许是时候让别人来帮帮您了。”

沉默。又一声雷鸣，这次几乎就在我们头顶。他的鼻子发出“哼”的一声，用手掌揉了揉脸，仿佛是在洗脸以便让自己清醒起来。

“无论如何，我相信，合理的时间已经过去了，我认为不再延长这种情况对你和小吉尔莫都有好处，”我说，“我们，我……我们可以帮您考虑这件事。这样的消息很难与孩子分享，即使那个孩子是小吉尔莫。”

马努埃尔·安图内斯皱起了眉，自我们对话起，我第一次感觉到他在看我，感觉到他确实和我一起在客厅。

“我不知道您在说什么。”他生硬地说，目光朝窗外望去，黑色的天空使他的瞳孔也暗了下来。“我认为您该走了。”他低下头去看表。“没错，您最好走吧。我还有事要做。”

我深吸一口气，重新开口道：“我知道一切，安图内斯先生。”我最后说。

他连眼睛都没眨一下，等了几秒钟，说：“一切？”他喃喃自语，眉头皱得更厉害了，像是听不懂我说的话似的。

“是的。”

他什么也没说，只是又用鼻子呼了口气。

“我知道……您妻子的事。”我说，“我感到非常遗憾，请您相信我。我……”

“出去。”他突然发出冰冷的嘘声，“您什么都不知道。”他这么说时，第一滴雨落在露台的金属栏杆上，“没人知道，哪怕一丁点。”

他声调的改变让我大为吃惊，身体下意识地向后往椅背上靠了靠，但人没有动位置。

“永远别再来烦我们了！带着您的故事到别处讲去吧！”他喊道，将椅子往后一推，发出尖厉的一声响，站了起来。

这时，一声雷鸣响彻天空，雨下得更猛烈了。街上的灯几乎不起作用，在客厅里，黑暗令人不安。但即便如此，我还没有失去理智，我打开坐下时就放在桌子上的公文包，拿出一堆在索尼娅办公室打印的副本，把它们放在桌子上朝他面前推去。

马努埃尔·安图内斯的眼神像鱼叉一样定在了第一页上。

这是一份来自数字日报上的新闻的彩色副本，上面有一张金发女人的照片，她看上去很年轻，穿着空姐制服，正微笑着。照片配文的标题是：

西班牙空姐在迪拜海域失踪

（新闻社，8月19日）

阿曼达·威乐特，飞机机组成员。此架飞机于16日周一凌晨在波斯湾水域距离迪拜海岸约96千米处坠毁。据报道，机组全体成员和乘客全部失踪。阿联酋有关当局确保他们将继续追踪该地区。

据搜索小组称，到目前为止，还没有发现失事飞机的遗骸，找到幸存者的希望很小。

几秒钟后，他抬起头，下巴颤抖着，以一种奇怪的方式眨了眨眼，仿佛有一盏灯让他眼花缭乱。他立刻捂住眼睛，然后一只手撑在桌子上，此刻窗外雨水在屋顶和栏杆上滴答作响，就像打在金属的碎片上似的。

“安图内斯先生，”我用柔和的声音对他说，“发生在小吉尔莫身上的事是这样的，他有太多问题和疑问不知道怎样提出来。”

他没有任何反应。没有动。

“小吉尔莫早就知道这些剪报的存在。有一天，他发现了您放在柜子上的盒子，从那以后，他经常在您不在时去查看它，迷失在他不理解的事情的迷宫中，而且他太小了，单靠自己没法领会里面的内容。”

沉默更加剧了。马努埃尔·安图内斯一直待在原地，一动不动。

“我明白这对您来说是非常巨大的痛苦，但是请您想想他在遭受些什么吧，心里装着的一切都没法与自己的父亲分享。”我执意往下说，“我知道，为了小吉尔莫，您做了很多事，让他不直接面对他妈妈的缺席，不仅仅是……暂时的缺席：写好每周四的来信假装是她写来的，花好多时间在电脑前假装和她对话，给她发的那些邮件，那些根本不存在的通话……这些我都知道。而且据我从和小吉尔莫的面谈中了解到，小吉尔莫对此也有直觉，虽然还没有意识到。但是我认为，坚持保护他免受失去母亲的痛苦并不是为他好，安图内斯先生，这就是为什么您儿子如此依赖仙女玛丽，这就是他坚持躲进魔法中的原因。”

一阵沉默。窗外，风暴已经激烈得震耳欲聋，倾盆大雨、闪电和雷声从低矮的黑色天空俯冲下来，一切几乎是不真实的。

“相信我，这种隐瞒对于这么小的孩子来说太沉重了，对您来说也是，太沉重了。你们两个谁都不该承受这些，马努埃尔，”我说，他仍然没有动，“您应该坐下来向小吉尔莫解释，帮助他接受他的母亲不会回来了的事实，回答他需要问清的问题，而且应该趁早这么做。他已经承受太多苦恼了……”

窗外传来的一声巨雷咆哮般地打断了我的话。那一刻，马努埃尔·安图内斯慢慢地放下遮住脸的双手，露出了蒙眬的双眼和一张因痛苦而收缩的脸。过了一会儿，他伸出双手，拿起桌子中央的一堆印刷报纸，把它们放到胸前。然后低下头，开始慢慢地摇着这些纸张，同时发出一声嘶哑的呻吟，几乎让我窒息。

“阿曼达没有离开。”他的声音像是嗓子里充满了玻璃碎片。“她……他们会找到她的，一定会的，您到时候瞧吧。只是时间问题，事情又会变得和之前一样。”接着，他把胸前的纸片抱得更紧了，用微弱的一丝声音说：“一切都会好起来的，亲爱的，当然会的……”

看着马努埃尔·安图内斯仍然抱着那些纸，紧紧抓住一个不再存在的阿曼达，我带着一颗局促的心理解了：当真相出现时，它往往只是一扇门，把我们带向另一个更深的真相。

这更深的真相，我们之前从未怀疑过，而它通常能解释一切。

我瞬间闭上眼，深吸一口气。

于是我看到它了。

冰山的根基。

它就在那里。

强劲如灯塔之光。

小吉尔莫

这件大事是这样的，幕帘后面的厕所被占用了好久，一直没有人出来。我带着运动包，坐在墙边的台阶上等着。演出很快就要开始了，克拉拉老师反复进来好几次，说：“嘘——孩子们，别吵。保持安静。”随后又压低了声音，嘴唇扭曲着说，“这样就没人明白了。我将会得到些什么的，一定会的。”

随后，玛塔·拉米雷斯和西尔维娅·雷瓦开始表演她们的节目——怪兽中学。当她们转过身时，西尔维娅被一块从椅子底下伸出来的木头绊倒，面朝下摔在地上。所有人都安静下来，好吧，并不是所有人，因为马丁·吉尔笑了起来，直到西尔维娅爬起来，眼镜碎了，鼻子还流着血。

“哦，上帝啊，饶了我们吧。”克拉拉老师说着把手放到胸前，胸脯快速地上下起伏，嘴里不停地发出“呼呼呼”的声音。西尔维娅开始哭了起来，听起来就像救护车的汽笛声，老师抓住她的手，慢慢把她从地上扶起来，说：“我们走吧，宝贝，到楼下医务室去，阿尔曼多先生会照看你的，别害怕。没什么大不了的，过一会儿工夫，你就又站回来表演你的节目了，是吧？”离开时，她转过身来说：“你们保持安静，我马上就回来，听到没？别让我知道我在医务室时你们在这儿乱成一锅粥了……”

她们走后，大家立刻开始讲话，玩弄戏服，玩藏猫猫。可是我实在太想尿尿了，但不想从台阶上站起来。我坐在那儿，用力夹紧双腿，离大黑幕帘稍远了一些，想看看是不是已经来了很多人，还是很少。但我记得在剧院里的人有另外的称呼。我记得妈妈告诉过我，在电影院和剧院里坐成一排的人们被称为“观众”，在足球场或街上的人叫什么来着，我现在不记得了。

我看到观众席上座率很高，有超过四十人吧，我猜。但前两排和后面的一些座位是空着的，那是老师们和导演的位子。在第三排窗户下方坐着罗松兄弟的父母，他们不住在一起，因为据爸爸讲，他们现在都有各自的伴侣。还有安德烈·特雷莎的大哥哥，现在在读成人大学，为了在美国成为火箭工程师。还有其他一些我不认识的家长们，有的是头发花白或深灰的爷爷。然后我想，也许空着的两个座位是留给爸爸妈妈的。我感到有些羞耻，因为克拉拉老师一定不知道他们不会来，还等他们来了，才开始演出呢。我还想到，我好像已经答应爸爸1月就要和恩里克叔叔一块儿学打橄榄球，可是最好不要，因为他要是看见我穿成这样，一定会沉下脸来，给我禁食……这让我感到羞耻，就像是在浴缸里的水下呼吸，有泡泡，却没有水。我马上想起妈妈穿着美人鱼服装在迪拜海中，与美人鱼和螃蟹一起潜水，像在海底的小美人鱼一样歌唱，因为她等着我采取行动并说出魔力咒语，好让仙女玛丽听到我的声音，带着雨伞从天上下来，然后带她一块儿到天上去。

幕帘关上时，我的尿再也憋不住了。我夹着腿跑到厕所门口，敲了五下还是七下门，但没人应，也没有人出来。我等了一小会儿，又敲了一次：

“喂，有人吗？我实在很想尿……”

“里面没有人。”一个声音在我身后说道。我转过身，见是拉拉·古铁雷斯，她已经穿上了辛普森太太的衣服，但还没戴假发。在跑去更衣室前，她还说：“厕所坏了，老师说我们得去二层上厕所了。”

“可是我到不了……”

这时，黑色的幕帘拉开了，克拉拉老师出现了，慢慢踱着步子，手里拿着她的文件夹。看到我时，她来到我身边，脸色发红，但没有很生气，说道：“小吉尔莫，孩子啊，你还没换衣服吗？”

“嗯，是因为……”

“你还等什么呢，不去换衣服？”

“因为我想尿尿，但门……”

“现在别尿了，不是时候。”她看了眼表，睁大了眼睛，“我们就快开始了！你现在应该已经换好衣服了的！”

“是的。”

“所以呢？你等什么呢？”

“嗯，我本以为里面有人，但拉拉·古铁雷斯告诉我说，是因为……”

“行了，你别操心了。还有挺久才到你的节目呢，你要是真那么急，就去五年级的厕所吧，但要从后边走！快去快回！”

老师来到更衣室，说：“孩子们，孩子们，还剩五分钟了！我需要你们保持安静，都给我准备好了！”我从面向篮球场的门离开，因为下雨了，而且雨点很大，所以我跑得飞快，像爸爸那些打橄榄球的朋友们那样快，只不过我的双腿是夹着的，一直跑到秘书室门口，实在是憋不住了。接着从楼梯爬上二层，来到了洗手间，但三扇厕所门，我一扇也打不开。一张告示写着：“刚刚擦洗完毕。禁止使用。”

于是……

于是有一点尿流了出来，然后就控制不住了，就像那些个夜晚，爸爸坐在电脑前，我最终还是尿床了，但没有床单，我就用很刮人的手纸，它们太小了，不得不用很多张，但好在最后，不用把它们丢到洗衣机里。

我飞快地脱下裤子、内裤和袜子，把自己晾干，这一切都完成得非常快，因为我害怕会有人进来。之后我甚至不能重新把它们穿上，因为实在太湿了，闻起来味道也不太好，好吧，是非常不好。我觉得最好把它们用干纸包起来，然后穿上装在运动包里的仙女玛丽戏服。因此，当我打开包准备把戏服拿出来时，我感到喉咙下面，有个东西堵住了。一阵巨雷声传来，洗手间的窗户也被震动了。

“唉。”我低声说道，喉咙中突如其来的疼痛感使我的声音都变了，呼吸也有些吃力。然后又来了一次，“唉。”

别这样，拜托了。别这样。这么想着，又一阵雷声传来，洗手间里的灯灭了一小会儿，之后又亮了起来。

我随即把手伸进包里，掏出白毛巾和配着健身手套的阿迪达斯运动裤，是这样的，我没看错。

确实是这样的。

这是爸爸的包。

玛利亚

看着马努埃尔·安图内斯抱着消失的妻子的物品，真相从客厅的黑暗中浮出水面。窗外的雨水拍打着屋檐。忽然之间，几周以来，我一直试图在小吉尔莫和他的画中解决的拼图问题出现了可以拼完整的部分。

他知道。我想。那一刻，我觉得它那么清楚，那么……说得通，以至于重新想到这一点，就能感到深透骨髓的寒意：“小吉尔莫知道。”

我明白了，索尼娅从第一天起就认为的这对父子关系下隐藏着的，那冰山的黑色阴影，不是我们之前想象的那样，而是恰恰相反的。

硬币的另一面。

真正的真相比我们想象的要可怕得多：拒绝接受阿曼达死亡的人不是小吉尔莫，而是他的父亲。是的，马努埃尔·安图内斯是一个紧紧抓住回忆，不懂得放手的人。

而小吉尔莫……

我看着马努埃尔·安图内斯，感到我们之间存在着一个木头桌子一般的圆形空缺，好像被一口充满深深孤独和悲伤的大井分开了。

“小吉尔莫知道一切，马努埃尔。”我听见自己的声音是那么坚定，几乎都不像是我的了。

他抱着那些纸张又待了好一会儿。之后非常缓慢地抬起目光，盯住我的眼睛，像没听懂似的，问：“小吉……尔莫？”

“是的。”我试图让声音温柔下来，“从一开始就知道。自他从伦敦回来的那天起就知道。当时在比萨店，电话响了，宣布了阿曼达的飞机在海中失事的事。”

“不。”他的声音细若游丝，把那些纸张紧贴在胸口。

“不。”外面又一阵咆哮的雷声，一道闪电照亮了客厅。风暴似乎正好在我们上方，敲击着天花板，马努埃尔·安图内斯有点摇摆不定，首先向后，然后又向前，“不……可……能。”他说，眉头皱了起来，仿佛在自言自语。

看到他在晃，我感到如此震惊，于是从椅子上快速起身，也站到了桌子旁。他不晃了，但目光仍是迷离的。

“自打在比萨店那天起，小吉尔莫就一直过着保护您的生活，马努埃尔。”我说，并对他报以朋友般宽慰的微笑。“虽然您拒绝他，在他的生活中缺席，虽然您对他做了……这一切，小吉尔莫熬夜不睡，就为了不让你彻底崩溃。他装作一点都不知道阿曼达消失的事，因为他是那么害怕您垮下来，害怕失去他仅有的一个亲人。他做好了准备，无论做什么，都不让您经受痛苦。”

马努埃尔眨了几下眼，眉头还是那样皱着，但目光清醒了些，好像开始从一个又长又沉重的梦里苏醒过来一般。

“可是……我……”

“小吉尔莫知道他妈妈的飞机在海上失事了，马努埃尔，他知道是您给他写了那些信，还知道您坐在书房的电脑前，但屏幕那边谁都没有，因为他曾看到过您对着关着的电脑哭泣。他之所以晚上会尿床，是因为不想让您看到他经过，不想让您知道他了解您的秘密。”

马努埃尔的呼吸开始变得困难起来，刚开始还很不易察觉，但每次都需要呼吸进更多空气，好像很吃力的样子。我很害怕，绕过桌子想离他更近些。

“小吉尔莫……”他说，大口喘着气，目光扫过客厅。

我来到他身旁，把手放到他的肩上。他一感受到我的碰触，身子就缩了起来，好像被我烫到了一样。然后他放松下来，深深吸气。

“小吉尔莫是因为您而坚强，马努埃尔。”我边说边轻抚他的肩膀，“在不幸面前，他决定从中抽身出来，和您一块儿前行。虽然他只有九岁，虽然您拒绝接受他过度敏感的天性，还错误地把它当成是脆弱。”

马努埃尔咽了咽口水，垂下了目光。

“所以，这么长时间……”他嘟囔着。

我点点头，一直慢慢轻抚他的肩膀。

“为了照顾您，他把自己的痛苦放到一旁。所以他在您看不见时穿阿曼达的衣服，这是他能想到和她在一起，感觉与她亲近的唯一方式。他对仙女玛丽的痴迷也是如此。玛丽是阿曼达和他分享的东西，是只属于他们俩的回忆，是他们现在的联结。”

马努埃尔再次喘息起来，好像很累，好像很缺氧的样子。他看着我，眼神是那么悲伤，让我一下子想起了小吉尔莫的眼神。我不得不移开目光。

“所以今天的演出才那么重要，马努埃尔。”片刻之后，我坚持说道，强迫我自己看着他，“小吉尔莫认为要是他在演出中表演，在观众面前唱歌跳舞，讲出他称之为‘魔法咒语’的东西，就可以拯救那西亚的命运，可以将痛苦和悲伤从你身上带走，而不至于彻底失去父亲，使自己成为一个孤儿。”

马努埃尔又咽了咽口水，身体摇晃起来。

“孤……儿？”他的声音细若游丝。

我抓住他的胳膊，试图稳住他，然后伸手试图拿走他一直紧抓在胸前的纸张。

“阿曼达已经不在了，马努埃尔。”我对他说，把纸张拉向自己。

沉默。

“她回不来了。”

他看着我，仍旧紧紧抓着那些纸。我再次试图轻轻将它们从他手中拿出来，但他一直在抵抗。

“她不在了，马努埃尔。”

几滴眼泪慢慢顺着他的脸颊流下。我还在努力从他手中夺过纸张。

“您得接受她离开的事实，马努埃尔。”我轻声对他说，“承认吧，为了您自己，也为了小吉尔莫。”

外面已是大雨倾盆，看向窗外时，什么也看不到，只有像灰色窗帘一样倾盆而下的雨。经过一段时间的挣扎，马努埃尔终于松开了手，我一点点地将报纸夺过来。泪水开始在他的脸颊上静静地流淌，滴落在桌子上。他也像一个孩子一样默默地哭泣，直到我把纸张放在桌上，用双臂环绕住他，把他的头放到我的肩上，最终以这样的方式，他才得以为他失去的东西静静哭泣。

十分钟后，雨还在下。马努埃尔已经平静多了，不再哭泣了。他又重新坐下来。我们一时间相对无言，听着雨滴猛烈地拍打窗子。我看了眼表，差一刻十二点了。

“我现在得离开了。”我对他说，把手搭在他肩上，“我答应过小吉尔莫，他表演时，我一定在场。”

他没有动，目光低垂。

“如果您有什么需要，别犹豫，直接给我打电话。”我对他说，拿起我的包，开始向门口走去，“您已经有我的电话了。”

我走到门口时，听见他很小声地说：“我能……陪您一块儿去吗？”

我待在原地，随后重新望向他。

“当然了。”

他笑了，微笑中带着悲伤，但眼中有了全新的光，更加清醒了。他慢慢站起身，说：“您能等我一下吗，我去换个衣服。”

“当然可以。”

五分钟后，他重新现身了，洗过了脸，穿上了牛仔裤、皮夹克和蓝色登山靴。

“我们走吧？”他在餐厅门口那里说。

我站起身，跟着他穿过过道来到客厅。到了门前，他为我打开门，自己闪向一边让我先走。他正准备跟上我时，忽然停了下来，眉头紧锁地看着衣帽架边上，躺在地上的一个白色皮包。

“发生什么事了吗？”我站在楼梯平台处问他。我的表指向了十一点五十五分。

他没有马上回答我。随后，他蹲在地上打开了它，没有起身，一脸担忧地看着我。

“小吉尔莫拿错了包。”他说，慢慢摇着头，给我看包里的东西——仙女玛丽的小花裙演出服，“他带走的是我的包。”

小吉尔莫

“可是……你还记得你把它放哪儿了吗？”

克拉拉老师拉住我的胳膊，轻轻摇晃着，但幅度不是很大，眼中都是红光。舞台上，罗松兄弟正在唱瑞奇·马丁的歌。他们的节目就快结束了，因为已经又唱了一遍玛利亚那段了。这意味着很快就要到我了。

“这是因为我刚才去了高年级的厕所，雨下得太大，我没法出来。虽然现在这也不重要了，不是吗？”

老师看着我，嘴张成了“O”形，随后说：“可是……可是……你的演出服呢？”

“就是，我忘记了……”

“哦，天啊。”她的额头上出现一道深壑，说，“那么，那西亚呢？这姑娘跑哪儿去了？”我没说话。“小吉尔莫？”

“她和索尼娅老师在一起。”

“和索尼……？”

“是的，有可能在机场，也有可能不在。我不清楚。她们坐在灭着警灯的警车里走了。或许没赶上飞机，这样她就不会和那个胖男人结婚了。”

“哦，上帝。可是，小吉尔莫，”她说，抓住我身上穿着的爸爸的黑帽汗衫，“你知道你不能这样上台唱歌吧？”她摇了好几次头，用舌头发出“呲——”的声音，然后又说，“但你能告诉我，你这套衣服是哪儿来的吗？看起来就像街头的说唱歌手。”

我不知道什么是说唱歌手，所以没说什么，她也没说话。可是时间已经不允许我们做更多事了。舞台上，罗松兄弟已经转了两圈，就像翻跟头，不过是站着的，一个在右边，另一个在左边。他们唱道：“一、二、三，玛丽亚。”表演结束了，因为观众们拼命鼓起掌来，还用手机拍照，特别是他们的母亲。她来自一个名叫索里亚的村庄，只要有机会和爸爸说话，她就说：“哦，我们多么想回到村里啊，但当然，得考虑双胞胎、何塞的工作、还有我婆婆。每次我们夏天去度假，得挣扎好一番才能回到这儿来呢……”

老师从头到脚慢慢地打量着我，仿佛在寻找一些东西，额头的深壑变得越来越宽。

“可是，小吉尔莫……你浑身湿透了！”

“有一点吧。”

“怎么是一点呢？还穿着拖鞋！”说着睁大了眼睛，“你这样会得肺炎的，孩子！”

我看着自己的脚，记起当我穿过庭院回到礼堂时，踩进了一些水坑。因为雨下得非常大，我看不太清楚，还因为我爸爸的运动裤太大了，我得拖着它们往前走。裤子还沾上了泥，对我来说，负重更大了。

“我们得取消你的节目了，孩子。”老师说，撇着嘴，“我不能让你这样上台。”

可这时，双胞胎已经下台了，正从我们身边的幕帘经过。老师转过身去看向他们时，负责在节目之间报幕的拉蒙先生已经站到了聚光灯下，说："现在，我要向大家介绍一个非常特别的节目。"他转身看向我们这边，像电影里的美国人那样，用粗胖的手指做出向上的手势，还向我们递着眼色，"大家注意啦，从古老伦敦的屋顶上，仙女玛丽和她的烟囱工朋友伯特来啦！"

大家都热烈地鼓起掌来，一位先生还吹了声口哨。这时，双胞胎中的一个被一根绳子绊倒了，老师为了去扶他，手就松开了我的帽子。于是我拔腿就朝白色聚光灯跑去，身上穿着湿了的拖鞋和脏了的运动服。跑得太猛以至于跑过头了，但只过了一点点。在我试图抓住麦克风杆时，我滑倒了。霎时间，所有人都安静了下来。

有人说了声："哦！"

因为我摔倒了。

玛利亚

很晚了。我们到的时候已经很晚了，走廊里能听到演出大厅传来的歌声。我们加快了脚步。在开车的过程中，马努埃尔·安图内斯和我几乎没有说过话。他望向窗外，看着人们经过，雨越下越大，活动又回到街上，但他什么都没说。

在等红绿灯时，他突然说："我怎么能那么视而不见呢……"

他看着我，眼神那么悲伤。

交通灯变绿时，我是那么开心，因为我们真的很赶时间。

“别自责，马努埃尔。”我对他说，“生活给了您沉重的一击。这种事发生时，每个人都要先尽可能地生存下来而已。”

他把头转向了窗户那边，沉默了好一阵，最后咕哝道：“我只是希望小吉尔莫可以原谅我。”

我回答前，深吸了一口气。

“小吉尔莫没什么可原谅您的。”我对他说，“他拥有您，知道您在他身边，就足够了。”

他低下了头，没再说什么。到下一个交通岗，才又说：“他真牛[①] 啊，哈？”

他的评价让我如此意外，以至于我怀疑自己听错了。

“您说什么？”

“小吉尔莫。”他笑了。这是个脆弱的微笑，但他终究是笑了。“他成为了个多牛的人啊。”

我忍不住笑了。

“他是个与众不同的孩子，是的。”

“这遗传自他妈妈。”

我们在一条斑马线前停住，给一位带着两个小孩的太太让路，那两个孩子正在她周围瞎跑。

---

① 牛：原文为 crack，西班牙语中的口语表达，意思是“牛”“聪明”。

“现在，您是他仅有的了。”在加速之前，我对他说。

“是啊。”

当我们到达礼堂门口时，听到里面传来一个男人的声音。起初，我们认为他是在宣布什么或发表演讲，但立即明白他其实是在舞台上报幕，因为我们可以从他讲的内容中分辨出只言片语：“……我要……一个非常特别的节目……仙女……和她的……。”随后是一阵沉默。就在我们打开门时，观众席和大厅深处传来一声“哦”。我们看到舞台上，小吉尔莫在地上打了滑，然后在舞台的黑暗区域，面朝下“砰”的一声摔倒在麦克风上。

在我旁边，马努埃尔·安图内斯控制住自己的喘息，立刻向前走了一步，进入了走廊，但我及时拉住了他的手臂。他奇怪地看着我。

“等一下，”我对他低语，“等一下。”

他放松了下来，我们待在原地，还在门口，周围一片黑暗。舞台上，小吉尔莫慢慢地站起来，进入白色聚光灯的区域内。于是我们能清楚地看到他了。

我顿了顿。

小吉尔莫身上穿了件带帽子的黑色毛衣，长度一直到他的膝盖。腿上是一条运动裤，沾满了泥土，拖在地板上，看起来像是浸湿了。脚上是白色拖鞋，它们是那么大，把他的脚衬得格外微小。

“那是我的运动服。”马努埃尔低声说，一只手放在另一只手中拿着的白色皮包上。

“别急。”

他咬紧牙关，回到了原地，目光一直没有从舞台上移开。小吉尔莫正拿着麦克风，望向观众，没有说话。

有一会儿的时间，连只苍蝇的声音都听不到，只有几声紧张的咳嗽和时不时发出的清嗓声。最后，小吉尔莫将麦克风拿到嘴边。

“嗯……我……”他开口了，声音颤抖着，“我本来应该和我的朋友那西亚一块儿唱歌跳舞的，但也许她现在正在机场，或者已经在飞机上了。因为她得回巴基斯坦，去见她的表兄。那人至少得有三十岁了，拥有一间工厂，那里有很多房子。这使得她没法成为我母亲那样的空姐了。那西亚本该演仙女玛丽，我演她的朋友伯特，但现在不可能了。于是我说：‘如果她不能演仙女玛丽的话，那我来演，虽然我是个男孩。’

“可爸爸不喜欢我穿女装。他想让我打橄榄球，但我怕球，怕别人笑话我。我更喜欢在后面的场地上摘花，或者我也喜欢像比利·埃利奥特那样在广场的学院里学跳舞，但只有女孩才去。我要是去，会让爸爸感到非常羞耻。所以我不能说出来，好吧，正是如此。

“我的母亲不在了，他是那么想她，有时我看不到他时，他会一直哭，还在一个笔记本上写信。可是妈妈住在海底，我认为她没法收到那些信，因为那里没有邮递员。但或许我们可以试着像海盗那样把信都装进一个瓶子里，让它到达美人鱼的国度。那里住着很多没有发出通知就消失不见的母亲们，但也可能不是这样。我就说这么多。”

小吉尔莫不说话了，一直把麦克风贴在嘴边，低着头像是在思考，而观众席中甚至听不到一点喘息声。

黑暗中，站在我旁边的马努埃尔·安图内斯眼睛一眨不眨地盯着他，眼里又流出几滴细小的泪珠，从我这儿看，几乎看不见。他没有转过身来。当我抓住他的手臂时，他的身体立刻有些退缩，仅此而已。

然后，小吉尔莫又说话了：“嗯，我想和伯特一起演唱 *Supercalifragilisticoespialidoso* 这首歌，这是一首关于扫帚和烟囱工的歌曲。因为当认识仙女玛丽时，她告诉我这是一个神奇的词，当一切都有点糟糕，我们需要帮助时，就拿出来念。

“而事实是，那西亚需要很多帮助，这样才不会被爸妈带回老家。爸爸也需要，因为为了不让妈妈走，他把她装进柜子上的一个盒子里，但妈妈已经走了。也许唱出魔法咒语，她就能听到我的声音，就会像在车站那天一样来和爸爸告别，但这次，他们不会生气，所以他就不会再哭了，不会生病，也不会死去。因为这些缘故，我想表演我的节目。

“从家里出来时，我拿错了包，把爸爸的运动包拿来了。后来我非常想尿尿，没有忍住，浑身都湿了，于是我换上了他的衣服。它们穿在我身上太大了，由于下雨的缘故，也给浸湿了。或许因为这个，我无法演唱了，而事实是，我非常想唱，虽然有点害羞，但也还好……这回真的就讲这么多了。”

又是一阵死寂。这一次，马努埃尔·安图内斯没有在我身边等待。他沿着走廊朝舞台走去，迎面射来的强光照在他潮湿的脸上。他手里拿着那个包，边走边扭头。

小吉尔莫正被探照灯的强光照得目眩，眯起眼睛，试图看清台下。

最后，马努埃尔终于走到了舞台处，沿着中间的台阶缓缓爬上去，一点点接近小吉尔莫，然后在他身旁站定。

他们相互望着。父亲和儿子相互望着。小吉尔莫的脸上勾勒出一道浅浅的、羞怯的微笑，像是带着歉意一般。

“嗯，是因为……”

马努埃尔·安图内斯用手背擦了擦脸和鼻子，然后在小吉尔莫身旁蹲下，打开包，对他说：“来吧，孩子……让我帮你吧。”

小吉尔莫看着他，不知道该怎么办。马努埃尔将他的手臂抬起来，轻轻地从他头上取下毛衣。然后抬起儿子的双脚，帮他脱下拖鞋和裤子，让他赤身裸体，同时从袋子里取出一条毛巾，一点点帮他擦干双腿、前胸和头发。整个过程中，小吉尔莫一句话也没有说，父子俩在绝对沉默中看着对方，好像舞台、观众和剧院都不存在一般，又好像他们两个人就是全世界。

一声咳嗽都没有，一声窃窃私语都没有，什么声音都没有。

等到马努埃尔终于把小吉尔莫擦干了之后，从包里拿出一条衬裤给他穿上，之后又拿出一条花裙子套在他身上，接着是一件白色的衬衫和一件长夹克。将带跟的靴子小心翼翼地帮儿子系好。还有别着塑料花的草帽和一把开心果绿色的折叠伞。

最后，他从包的侧袋中取出一个透明的小化妆盒，把它放在地上，打开它，背对着观众，开始为小吉尔莫化妆：先是眼睛，然后是脸颊和嘴唇，最后是眉毛。所有动作都是如此精细，以至于礼堂里没有一个人的目光不停留在他们身上。没人在动。从外面传来的淅淅沥沥的雨声已经变弱了，而远处的雷声却响彻礼堂。

我身旁，五年级的老师克里斯蒂娜抬起头，低声抽泣着。窗边一位父亲清了清嗓子，转向窗帘。

舞台上，马努埃尔·安图内斯给小吉尔莫梳好头发，准备帮他戴帽子。小吉尔莫举起手臂，将手放在他的肩膀上。马努埃尔的梳子停在半空中。剧场的空气几乎变成了电流一般。

“爸爸，”小吉尔莫终于决定开口讲话了，“妈妈可能不会回来了，那么你呢，你可以不要死吗？”他的微笑是那么羞涩，我看了，忍不住在剧院的黑暗之中咽了口口水。

马努埃尔也笑了，嘴唇微微颤抖着。

“当然不会，孩子。我永远不会死去。”

小吉尔莫将头偏向一侧，问道：“像仙女玛丽那样吗？”

马努埃尔顿了顿，紧紧闭上双眼。“没错，”他低声说，

“像仙女玛丽那样。”

小吉尔莫笑了，这次是真正的微笑。

“好吧。”

然后马努埃尔对他说：“我来戴这顶帽子？”

小吉尔莫皱起眉头来。

“你戴得下吗？”

马努埃尔又一次闭了会儿眼睛，随后将帽子戴在自己头上。虽然有点小，但他也没摘下来。

小吉尔莫哈哈大笑起来。

“你想唱歌吗，儿子？”马努埃尔对他说，用手抚摸着他的头。

小吉尔莫看着他戴着帽子的滑稽相，又大笑起来。然后放下手，去寻找爸爸的手。

“不，”他摇着头说，“我更想去埃米利奥先生的餐馆吃比萨，再点上一杯可口可乐。这样可以吗？”

马努埃尔也笑了，把手伸向儿子，站起身来。

“你要是想的话，再来个香草冰激凌也成。”

然后，他们手拉着手，慢慢地顺着台阶走下舞台，非常非常缓慢地沿着走廊向门口走去。马努埃尔头上戴着别着塑料花的小草帽，小吉尔莫则是个迷你的仙女玛丽。两人不在意任何人的目光。马努埃尔看着小吉尔莫，后者向观众们挥手致意，像是演员面对观众那么自然而然，也许那是一个小小的仙女玛丽在向一个只有他自己认识的世界说再见。

他们到达门口时，在我身旁停了下来，转过身看着我。小吉尔莫松开爸爸的手，朝我走来。我俯下身和他一样高，他冲我微笑。

“老师，您想和我们一块儿去吃比萨吗？”他对我说。

我摇了摇头。

“不了，小吉尔莫，谢谢你。”我摸了摸他的脸颊，他大笑起来，“我还有很多事要做呢。”

“好吧。”

我们俩都不说话了，互相看着对方。

他将头偏向一侧，用有些颤抖的声音说：“您要离开了，对吧？”这问题问得突如其来，让我没法立即回答，“因为我从卫生间跑回来时，经过了喷泉的风向标，那只鸡正指向北方呢。”

我感到嗓子里堵得慌，想挤出个微笑，却没能成功。

“或许我能再多留一会儿呢。”他说，垂下了目光。

我感觉双眼发热，于是只能反复清嗓子。

他慢慢靠近我，用手臂环绕着我的脖子。化妆品的气味、孩子的汗水和疲倦的热量包裹着我。我把他抱向我，非常非常用力地抱着他，那几秒钟里，我甚至可以听到他的心和我的一块儿跳动。

我深深地嗅着他的气味，直到他在我怀里动了起来。当我放开他并且认为他将要离开时，他却将嘴贴在我的耳朵上，非常小声地，几乎是在窃窃私语般地对我讲话。每个音节一顿，好像在告诉我一个我不应该忘记的非常重要的秘密：

“Su–per–ca–li–fra–gi–lis–ti–co–es–pia–li–do–so.”

他冲我挤了下眼睛，在我的脸颊上吻了一下，然后慢慢地回到他父亲身边。

马努埃尔·安图内斯双手放在肩膀下，抬眼看向我，说：“谢谢你，玛利亚。”

我微笑起来，他也笑了。

然后他摸摸小吉尔莫的头说：“我们走吧，小伙子？”

小吉尔莫笑了，高兴地冲他点头。然后两个人转过身，穿过走廊，向学校的大门走去。他们的黑色轮廓深深嵌入透过玻璃倾泻而过的光线。

右边是个高大而笨拙的人物，头上戴着草帽，还别着一朵花。左边是个小小的身影，穿着小裙子和短靴。他们缓慢地向光线移动着，就像同一个女人的两个部分一样。

（全文完）

鸣　谢

我想向克劳迪那·霍微表示感谢，是她帮助我重新得到了小吉尔莫，让他来到光明之下；感谢比拉尔·阿古多，她是个很棒的朋友，而且非常专业；感谢西尔维娅·巴尔斯的启发、信任和帮助；感谢吉科·科恩，你是不可或缺的；感谢曼珠多年的陪伴；感谢尤兰达·巴达耶的安排；当然，还要感谢桑德拉·布鲁纳、安东尼奥·方塔那、奴里亚·安桑科、布劳里奥·奥提斯、理查德·路易斯－加松、阿尔瓦罗·克罗梅尔、梅·雷比亚一直以来的陪伴；感谢艾雷娜·帕拉西奥的信任；感谢脸书上的朋友们，谢谢你们的慷慨，你们给了我那么大的启发，没有你们，就没有我今天的成绩；尤其要感谢出版公司、书店、图书管理员和博主，是你们的存在一点点促成了我的这次尝试，是你们把我带到了全新的高度。

感谢我的读者们，是你们让我坚持写作，让我每天都想与这个世界分享故事。

小·吉尔莫来到我们面前。

我们想说的是，第一次听到他的声音，某些事就发生了。也许我们需要认识像他这样的孩子。

或者我们正在寻找一个角色，他无助、沉默、隐藏自我、无辜，让我们在不知不觉中成长，使我们变得成熟，能承担起保护者的角色。

但没有。我们得到的，真正触动我们的，是即将到来的东西散发的光芒和一种预感。我们不会陪伴着小·吉尔莫，而是他会陪伴着我们。

他会发现我们赤裸裸的样子，就像孩子和皇帝的新衣……而这次旅行是一次宣泄。非常温柔。

它是出版商有义务分享出来的东西。

不这样做的话，陪伴我们左右的永远少不了一个孩子受伤的目光。

投射在我心间的光亮，来自你的爱。

只要有想见的人，
你的心就不会孤独。